별을 보며

별을 보며

© 2025 김석주

초판발행 | 2025년 04월 05일
초판발행 | 2025년 04월 10일

지 은 이 | 김석주
펴 낸 이 | 배재경
펴 낸 곳 | 도서출판 작가마을
등   록 | 제 2002-000012호
주   소 | 부산시 중구 대청로 141번길 3, 다온빌딩 501호
         T. 051)248-4145, 2598   F. 051)248-0723
         E. seepoet@hanmail.net

ISBN 979-11-5606-282-0 03810   정가 12,000원

별을 보며

김석주 시와 시조집

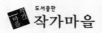
도서출판
작가마을

무심히

오고 가는 저 새들도

서로 주고받는 말이 있으리라.

저들끼리의 사랑과

저들끼리의 아픔과 슬픔을 나누어 가질

애틋한 사연들,

새들에게도 노래가 있고

새들에게도 눈물이 있으리라.

−김석주 「새들의 소리」에서

차례

2부 * 지난날을 돌아보며

제1부

다시 또 봄이 오고

내 마음의 등불

세월의 소리다, 절망하지 말라는
우리 저 새벽 별들의 노랫소리다가
가고 오는 저기 저 철새들이 주고받는 언어와
그때 우리 님들이 남기고 간
의義로운 피, 그 뜨거운 삶의 흔적들이다가

아− 그때 우리 무서울 것이 없던 청춘의 시절
함께 일어나 하나 되어 외치었던 그 감동의 순간들과
그리움에 타는 가슴
우리 그 금쪽같은 님들과의 해맑은 사랑
그 뜨거웠던 추억의 순간들이다가

하늘의 소리다, 포기하지 말라는
저기 저 피었다 지고 피는 창공의 꽃구름이다가
한결같은 우리 이 은혜로 넘치는 바람
아− 그때 우리 님들이 남기고 간
아픔의 자국, 그 환희에 찬 사랑의 흔적들이다가…….

봄 어느 날

새날이다 꿈과 같은 새 세상이 밝아오고
산들바람 넘실대고, 들풀들이 깨어나고
더불어 가슴 저마다
삶의 생기 돋아나고

장군이다 봄 처녀가 동장군을 몰아내니
들판에 풀꽃들이 하하 호호 피어나고
하늘 저 높은 곳에서
신바람이 불어오고

봄이다 변함없이 새 세상이 밝아오고
풀들이 깨어나며 너울너울 춤을 추고
우리 그 사랑의 흔적 위에
환희의 꽃 피어나고

하동
- 박경리 문학관을 돌아보고

우리 이 땅 위에 활짝 펼쳐져 있었다는 것이다
흥부네의 지붕 그 박꽃처럼 눈부시고
맑고 밝은 꿈과 낭만과
끈끈하고 상큼한 우리 사랑의 환희와
다 씻기지 않은 그때 우리, 나라 잃은 서러움들
그 지독했던 아픔의 흔적들과
삶의 아주 깊고 깐깐한 의미들이 이곳에 가득
펼쳐져 있었다는 것이다
의義로운 우리 님들이 남기신 고귀한 피의 흔적
그 펄떡이는 깃발 휘날리며
금의환향, 최후의 승리자가 되게 해줄
우리 삶의 고고하고 간결한 행마의 수순들이
가을 저 황금 들판의 출렁이는 물결처럼
이곳에 가득 펼쳐져 있었다는 것이고
찾는 이들 모두의 가슴에다
행복 한 줌씩 집어주고 있었다는 것이다

지난 3월 어느 날의 일기

어김없이 3월이 오고, 향기 짙은 산수유와 매화꽃
그 화려한 군락지를 찾아 사람들이 법석을 떨었지만
변함없이 나는 또 그랬다는 것이다
나무 한 그루 서 있지 않은 허허로운 들판을 걷다 문득
길가의 양달, 그 둔덕에 피어 있던
이름 모를 작은 들꽃들을 만나고 어찌나 반가웠던지
옆에 덥석 주저앉아서는 지난겨울
그 매서웠던 칼바람을 어찌 다 참아내었냐는
진심 어린 말을 건네다 또 내 지나간 팔십 년의 세월
꼬이기만 했던 그 아픔의 세월들이 떠올랐던 것이고
눈물이 왈칵 쏟아졌다는 것인데
이상하게도 속이 시원해지면서 기분이 아주 상쾌해졌던
지난 3월 어느 화창한 봄날이었던 것이다
끼리끼리 자가용을 타고 화려한 꽃구경 떠나가고
혼자서 또 남해 이 바닷가의 추억을 더듬으며
막걸리 한 통과 쑥떡 한 봉지를 사들고서 걷고 있었다는
것이고
꽃샘바람이 아주 매섭게 몰아치고 있었지만 전혀 춥지 않
았으며

아쉽지도, 외롭지도 않고 흥얼흥얼
콧노래가 마냥 흘러나왔다는 것이다

봄 처녀 2

한밤중에 사뿐히 바람 타고
오신다 해
이성理性에 불 밝히고
합장하고 기다리니
님이다
꽃소식 안고
단비 되어 오시는 분

님이다 봄 처녀가
동장군을 몰아내니
들녘의 풀꽃들이 다투어
피어나고
아낙들 화전놀이에
신바람이
일어나고

하늘의 소리 5

못 살겠다 쫘르릉, 하늘이 울고 있다
밤새도록 우당탕 피눈물을 쏟아내며
하늘이 울부짖고 있다
물 폭탄을 퍼부으며

어저께는 중동이고 아프리카 아메리카
오늘은 또 아시아와 북유럽을 오가면서
하늘이 노怒하고 있다
이 땅을 뒤흔들며

더 이상은 못 참겠다 이 땅이 울고 있고
못 살겠다 우당탕탕 가쁜 숨 몰아쉬며
하늘이 소리치고 있다
알아서들 하라고

지난 봄 어느 날의 일기

귀여운 다람쥐들이 화들짝 반겨주는 것이었다
봄이 한창 익어가던 3월 중순 어느 날
아내와 함께 걷던 백양산 성지곡수원지의 오솔길엔
매서운 꽃샘바람이 세차게 몰아치고 있었어도
풀꽃들이 옹기종기 정답게 피어나고 있었다는 것이고
장군 같은 편백 나무들이 오랜만에 뵙는다며
눈인사 깍듯이 건네주던 해맑은 봄 어느 날이었고
따사로운 햇살의 그 흘러넘치는 사랑 듬뿍 머금고 앉아
싸들고 온 쑥떡 한 봉지와 생수로 목을 축이면서
소풍 나온 아이들처럼 즐거워하던 아내
여든을 바라보는 그녀의 얼굴에서
들꽃처럼 화사한 소녀의 미소가 흘러넘쳤다는 것이고
다시 또 느릿느릿, 오르고 쉬었다를 계속하다
이르지 못한 정상을 지척에 두고 하산하는 길이었는데도
변함없이 귀여운 다람쥐들이 날고뛰는 묘기를 보여주며
화려한 환송식을 해주었던 것이고
우아한 노송들과 키다리 편백 나무들이 너울너울 춤을 추며
품고 있던 짙은 향기를 아낌없이 뿜어내주어

오랜만에 아내와 서로 손잡고 걷던 산책길이 황홀하여
그때처럼 가슴이 콩닥콩닥 뛰었다는 것이다

그때 우리 고향 풍경

찔레꽃 피어 있고 아가야가 울고 있다
그 시절 돌아보니 어머니는 들일 가고
그 아기 울다가 지쳐
툇마루에 잠이 들고

청보리 하늘대며 바람결에 춤을 추고
종다리 하늘 높이 우지지던 봄 한나절
그때를 더듬다 문득
한 세월을 잡고 보니

봄이었네 꿈과 같은 그 날의 풍경들이
가슴에 아롱아롱 반갑다고 손 내밀어
오늘 또 눈 꼭 감고 앉아
그 시절을 거닌다네

봄나들이

꽃소식이 들려오기 시작하던 이른 봄 어느 날이었다
오래전에 할머니가 된 아내의 손에 이끌려
쑥떡 한 봉지와 소주 한 병을 사들고서 오륙도
저 남해바닷가를 다시 찾았던 것이고
아! 하는 탄성이 나도 몰래 터져 나왔다는 것인데
꽃샘바람이 아주 매섭게 몰아치는데도
노란 수선화와 더불어 너울너울
화려한 풀꽃들의 군무를 바라보는 순간이었던 것이다
지난겨울의 그 모진 칼바람에 주눅이 들어
웅크리기만 했던 내 이 쪼그라든 이성의 몰골
그 부끄러운 세월들을 돌아보게 하였던
아내와 함께했던 이른 봄 어느 날이었고
지난겨울의 그 매서운 칼바람에 웅크리기만 했던
내 이 가냘픈 삶의 의지에 다시 활기 되찾게 해주면서
새로운 각오와 용기를 갖게 해준
꽃샘바람이 아주 매섭게 몰아치던 이른 봄 어느 날의
아주 정말 행복하고 보람찬 나들이었다는 것이다

봄 어느 날의 시

새벽이다 깨어나라
동장군을 내쫓으며
세상의 빛 되라고
새 노래를 읊어주니
시로다
오, 반짝이는
봄 처녀의 사랑이니

남해 저 먼 곳에서
신바람이 불어오고
풀들의 웃음꽃이
온 들판에 가득하고
시詩로다
저 풀꽃들의
우렁찬 함성이니

참으로 행복한 사람들은

혼자서도 늘 싱글벙글
참으로 행복한 사람들은 그렇다는 것이다
두 눈을 꼭 감고 앉아 합장을 하고는
아주 저 먼 곳에 있는 그리운 그대
그대 늘 그립고 보고팠던
우리 저 꽃다운 벗님들을 조심조심 모셔놓고는
눈인사 서로 주고받는 미소로 회포를 풀며
마음껏 나누어 가지는 이심전심의 환희
그늘 그리운 님들을 많이 많이 품고 사는
가슴 아주 뜨거운 사람이어야만
참으로 행복한 사람이라 말할 수 있다고들 하여
나도 이즈음에 와서는
내 이 속 좁은 가슴의 문을 활짝 열어놓고는
우리 저 평화 넘치는 하늘나라의 천사 한 분을 모셔놓고서
그곳 소식들을 조곤조곤 소상히 전해 들으면서
너무 정말 행복한 세월을 보내고 있다는 것이다
혼자 가만히 합장하고 앉아……

풀꽃들의 대화

이른 봄 어느 날의 허허로운 벌판이었다
걷다가 지쳐 개울가의 둔덕에 앉아
우리 사는 세상일들의 안타까움에 터질 것 같은
내 이 허한 가슴을 토닥이고 있을 때였다
냄새 아주 고약한 개울 물소리 졸졸졸 들려오고
헐떡이는 풀꽃들의 가쁜 숨소리에
투덜거리는 자주색, 고 가녀린 패랭이꽃과
이름 모를 들꽃들의 얘기가 들리는 듯하였다는 것이다
"세상이 왜 이래, 왜 이리 늘 싸움질이나 하고
왜 이렇게 몹쓸 세상이 되어 가는지 알 수가 없다니까
이럴 줄 알았다면 이 고약한 세상에 나오지 말 걸 그랬
어."
그러자, 새하얀 봄맞이꽃과 민들레
바람결에 나부끼는 작고 가냘픈 풀꽃들이 그러는 것이
었다
"우리라도 이렇게 피어 있지 않으면 세상이 더
엉망진창이 되고 말 것이니 이렇게라도 피어 있어야 해."
이런 아주 진지한 풀꽃들의 목소리가 들리는 듯하여
어찌나 부끄러웠던지 얼굴이 자꾸 빨개졌다는 것이다

멀리서* 또 포탄 터지는 소리 와장창, 와장창 들려오
고……

2024. 3. 30

* 러시아의 우크라이나 침공과 이스라엘의 팔레스타인 지역의 무자비한 폭격

봄을 위한 노래

북소리 울리어라 징소리 더 높이고
등불을 밝혀 들고 짚불을
지피어라
다시 또 새봄이 오고
우리들의 세상이니

풀들아 깨어나라 손 맞잡고 노래하라
은혜의 환호 소리 온 들판에
가득하니
봄이다 님의 손길이
신바람을 일으키네

쇠 나팔 울리어라 장구 소리 더 높이고
제비들 돌아와서 문안 인사 다정하니
아서라
시름 다 내려놓고
잔치 한판 벌여보세

새날이 밝아오고

밤새 또 가고 오고
뜨는 이와
지는 이들

세월의 휘몰이에
내둘리는
나그네들

새날이 또 밝아오고
뜨고 지고
울고 웃고

바다, 그 놀라운 사랑

그대 늘 부질없이 철썩이고만 있다면
너를 어찌 우리 저 새벽하늘의
별과 같은 벗이라 자랑할 수 있겠는가
그리고 그대, 한 번쯤 소란을 피웠다 하여
날마다 헉헉 절망하며 울고
다시는 그대, 꿈 한 번 펴 보지 못한다면
너를 어찌 불사불멸의 몸짓이라 동경하며
하늘과 같이 믿고 의지하며 살다 또
바람 다시 차고 매서워지는 초겨울의 어느 날
아무런 까닭도 없이 가슴 짠해지고
그리움에 가슴이 타고 시름 깊어질 때
내 어찌 너를 다시 찾아
이 속 깊은 말을 다 틀어놓을 수가 있겠는가
그대 아무런 까닭도 의미도 없이
마냥 그렇게 철썩이고만 있다면
너를 어찌 우리 사는 세상의 위대한 사랑이라
받들 수 있겠는가……

그때 추억 더듬으며

능금이 익어가던 친구네의 사과밭
벗들과 함께했던 원두막을 떠올리며
찌는 이 삼복더위를
흥얼흥얼 지난다네

그 추억 더듬으면 함박웃음 피어나니
만병의 통치약이 따로 어디 있겠는가
꿈이니 돌아갈 길 없는
사랑의 흔적이니

큰 샘물 길어다가 엄마 등물 치던 여름
그리운 그 시절이 잡힐 듯이 아롱이는
우리 그 추억 더듬으며
행복에 젖어보네

훈화

나이를 먹을수록 더 열심히 살아야 한다는 말은
우리 저 세월이란 스승이 일러주는 훈화訓話이다
피고 지는 저 꽃구름을 살펴보며 깨닫고
더 많은 사랑을 베풀고 행하여
저기 저 하늘의 곳간에다 보화를 쌓다 어느 날
온전한 평화의 땅으로 들어갈 수 있게
열심히, 더 열심히 살아가야 한다며
금의환향錦衣還鄕이라는 환희의 꿈을 꾸며 살다가
어느 날 훌쩍 떠나갈 수 있어야 한다면서
힘 자랑을 하며 까불고 으스대다가는
감당할 수 없는 무서운 형벌을 받게 될 것이니
절망하는 바보가 절대로 되지 말라고
날마다 핏대를 세우며 가르치고 있다는 것인데
사랑의 길이 아니고는 모든 것이 다
허방이 되고 만다는 사실을 아주 소상히 일러주며
늙어갈수록 더 열심히 살아야 한다고
속삭이듯 일러주고 있는 우리 저 세월이란 스승의 훈화
를
그대 내 사랑하는 벗님들께 전함이니……

새로운 봄이 오시던 날

자박자박
임인 듯
기다렸던 단비가 오고

남해 저
먼 곳에서
신바람이 불어오고

우리 그
사랑의 흔적 위에
환희의 꽃 피어나고

밤바다 감상하기

놀랍도록 황홀한 풍경이었다

하늘 저 님의 속살이 그대로 내비친 밤바다

그 수많은 별들이 화려한 자태를 뽐내며

님의 그 놀라운 사랑을

밤새 노래하고 있었다는 것이고

피었다 지고 또 피고 지는 꽃구름들

더 바랄 것이 없는 새로운 세상이

그곳에 활짝 펼쳐져 있었다는 것인데

날마다 꿈꾸어 왔던 우리들의 고향 하늘

온전한 사랑의 세상이었고

평화 철철 흘러넘치는 꿈같은 땅이었으며

가슴 깊은 곳에다 때때로 그려 왔던

놀랍도록 완벽한 환희의 세상이

여기 이 밤바다에 활짝 펼쳐지고 있었다는 것이다

아, 너무 정말 들고 싶어지는 거룩한 하늘나라가…

제2부

지난 날을 돌아보며

해운대에서

일출은 장관이고 일몰이 황홀한 곳
이 풍경 보듬으며 님과 함께 걷고 싶은
해운대
백사장에 앉아
그 시절을 돌아보네

꽃이다 꽃이 된 이, 잘 익은 황혼의 꽃
그때 우리 그 사랑이 환희로 피어나며
세상사
인과응보를
하늘에다 새겨주는

해운대다 바닷가에 눈을 감고 홀로 앉아
그리운 이 그 이름을 하염없이
불러보며
님들의 안녕을 위해
오래 또 합장하네

새벽바람이 두고 간 말들

열대야의 새벽이었고 평소엔 잘 들리지 않았던
구급차 요란한 소리와 개 짖는 소리
쫓겨나지 않으려 발악하는 어둠의 소리와
재잘대는 저 참새 떼의 우렁찬 함성에 그만
새벽 단잠을 깨고 보니
베란다의 창문이 모두 활짝 열려 있었다는 것이고
그때 드디어 열리고 닫힌다는 것의
아주 놀라운 차이점을 보고 듣고 깨닫게 된 것이니
누구나 가슴의 문을 활짝 열고 봐야 들을 수 있다는
우렁찬 저 강물의 소리와
사랑의 흔적만이 환희의 꽃을 피울 수 있다고 속삭이는
새벽 저 별들의 다정한 노랫소리와
어떤 경우에도 절망하지 말라는
우리 인생의 위대한 스승이신 저 세월의 소리와 더불어
닫히면 끝장이요 결코 산 것이 아니라 일러주는
열대야의 새벽바람이 두고 간 놀라운 사랑의 노래를
내 사랑하는 벗님들께 전하는 바이니……

시간의 빈터*

이 땅의 평화통일 길잡이를 자청하며
그때 우리 벗님들의 열정의 불 지피던 곳
필봉을 휘둘렀느니
잃은 꿈을 되찾고자

가야금 천년 묵은 소리꾼을 불러내고
춘향이 이 도령과 사랑가에 흥 돋우며
판소리 흥부네 집의
박을 타며 즐기던 곳

화려한 봄맞이에 풍성했던 가을걷이
복된 이와 더불어 새 희망의 불씨 지핀
그 세월 뒤돌아보니
어깨춤이 절로 나고

* 1980년도 중반부터 10여 년간 부산 서면에서 필자가 운영했던 전통찻집의
  상호

가을 어느 날의 일기

가을이 막 시작되던 어느 날의 꼭두새벽이었다

국지성 폭우가 장대처럼 쏟아지며

우리 이 금쪽같은 땅덩이를 들볶고 있다는

긴급 뉴스가 잇따라 터져 나오고 있었던 것이고

이곳 남쪽 바닷가에도 마찬가지였다

밤새 돌개바람이 미친 듯 불고, 폭우가 사정없이 쏟아지다

금방 또 멈추었다 쏟아지고를 반복하며

계속해서 우당탕 우당탕 꽈르릉

하늘이 헉헉대며 더 이상은 못 참겠다는 듯

피눈물을 쏟으며 울부짖고 있었던 우리들의 지구촌

이대로는 더 참을 수가 없다는 듯

흐느끼며 물 폭탄을 퍼붓고 있는 분노한 하늘

어저께는 또 저기 저 아프리카와 중동을 오르내리다가

러시아와 아메리카의 남과 북과 유럽

아시아의 중국과 왜국倭國에다 물 폭탄을 퍼부으며

이 땅의 구석구석을 콕콕 찔러보고 있다는 이상기후

인재人災라고 스스로 고백하는 지구촌의 기상 발작 증세가

우리 모두에게 묻고 있다는 것이다, 어떻게 할 것인지를……

2023. 9. 16

팔순八旬

이제야 조금 알 것 같다는 것이다
살아간다는 것의 이 놀랍고도 진지한 의미와
우리 사랑의 눈부신 본질과
행복이란 놈의 그 잡히지 않는 논리의 정체와
끝없는 인내와 용서함의 소중한 값어치와
목숨을 걸고서도 꼭 따라야 할 것이 무엇이고
결코 휩쓸려서는 아니 될 것들의 얄팍함과
부질없다는 것의 실체와, 소탐대실의 참된 의미를
이제야 조금 알 것 같다는 것이다
가슴을 열고 봐야 들린다는 "세월의 소리"와
스쳐 가며 일러주는 바람 소리
무심한 듯 흘러가는 저 강물의 속삭임을
이제야 조금 알아들을 수 있을 것 같다는 것이다
강산이 여덟 번이나 변해가는 세월을 보내고 나서야
무엇을 얻기 위해 무엇까지 미련 없이 버리고
무엇 때문에 슬퍼하고 기뻐해야 하는지
아, 이제야 조금 알 것 같다는 것이다
돌아간다는 것과 흘러간다는 것의 크나큰 차이를······

그때 우리 겨울밤

어머니의 자장간 듯 님 소식을 전하는 듯
문풍지 밤새도록 고래고래 울부짖고
먼 곳의
개 짖는 소리
그리움을 부추기고

머리 위의 삼태 별이 허기를 들쑤시고
내당의 물레 소리, 덜컹이던 함석대문
사랑채
기침 소리에
추억 홀로 영글던 밤

꿈속인 듯 달콤한 새벽잠을 깨고 보니
하늘의 별꽃들이 눈인사를 보내 주며
들끓는
그리움들을
토닥토닥 달래주고

아이러브유

－ 우리 세상을 둘러보며

십 년 가까이 서양말을 배웠던 학창 시절

공부 머리가 없었던 나에게

금싸라기와 같았던 문전옥답을 팔고

누렁이 황소마저 미련 없이 팔아주셨던 어머니

어머니 그 까막눈이 한⿰目艮이셨던

그 한풀이를 끝내 해드리지 못하고 하는 둥 마는 둥

살림살이만 축내었던 내 부끄러운 한세월을 돌아보며

속죄하는 마음 다하여 서양말 한 마디를

되뇌어 보는 것이다, 아이러브유

너는 차라리 이렇게도 거창하고

이렇게도 경이롭고 위대한 말뜻마저 몰랐더라면

우리 사는 세상의 이 늘 지지고 볶고 싸우는

참으로 알다가도 모를 세상일들을 보며 가슴을 치고

날마다 이렇게 우리 저 하늘 우러르며

오래 또 오래오래 합장할 일도 없었을 것이니

하늘이여 오, 우리 세상의 알다가도 모를 일들이여

멀리서* 또 포탄 터지는 소리 와장창, 와장창* 들려오

고……

* 우크라이나와 이스라엘의 팔레스타인 지역과 시리아 요르단 지역 등에서 들려
  오는 폭격 소리

홍시

해맑고 당당하고 꽃등처럼 눈부시고
하늘의 별과 같이 곱고도 황홀한 이
꽃이다 새벽 별처럼
잘 익은 황혼이니

그때 그 삼복더위 고통 모두 참아내며
발갛게 익은 사랑 아낌없이 내어주는
까치밥 허기진 이의
먹거리가 된다는 것

하늘의 별꽃처럼 눈부시게 익은 이들
살아온 힘든 세월 그 흔적을 돌아보며
이제야 저 벗님네들
환희의 꽃 피워내고

남도지오그래픽

자양댁, 그 곱던 이가 어느새 꼬부랑 할머니가 되어 있
었고
호호백발이 된 기와집 맏며느리였던 삼동댁과
지난해에 영감을 잃었다며
눈물을 글썽이며 긴 한숨을 내쉬는 서동댁이
술 좋아하던 영감을 너무 모질게 몰아붙였다며
지난날들이 너무 정말 후회스럽다고 가슴 치는 서동댁
금이야 옥이야 자식 다섯을 밭농사 논농사를 억척같이
지어
대학까지 공부시켜 놓았더니
무슨 천벌인지 자식 셋을 가슴에다 묻고 나서부터
일손을 놓고 술만 퍼마시다 억장이 무너져
밤새 안녕하며 떠나 버렸다고 짚동 같은 한숨을 내쉬는
주름투성이의 서동댁과 이웃집의 보성댁이 골목길에 앉아
서로 주고받는 신세타령의 소리를 가슴 조이며 듣는다
보성댁은 또 농사일은 태산인데 쳐다보지도 않고
그놈의 술이 뭣이 그리 좋은지 술만 찾아다니는 바깥양반
큰소리만 뻥뻥 치고 다녀 속이 상해 못 살겠다는 보성댁
그래도 없는 것보다 낫다며 달래는

서동댁 할매와 보성댁의 한숨 소리 가득한 늦은 봄날의
골목

　전라도 사투리가 더욱 감칠맛 나는 '남도지오그래픽' 이
라는

　TV프로를 보며 우리 인생의 더 깊은 의미를 배운다는 것
이다

가을 나들이

눈부신 쪽빛 하늘, 반짝이는 햇살 무늬
길가의 코스모스 너울너울 반기던 날
님의 손, 잡고 걸으니
이것이 금상첨화

지난날의 추억들이 꽃이 되어 피는 들길
귀갓길에 앉아 듣던 귀뚜라미 노랫소리
그 소리 귀담아들으며
환희의 꿈 꾸어보며

거닐다 돌아보고 쉬고 앉아 내다보며
늦은 가을 산책길에 웃음꽃을 피웠으니
올해 또 가을걷이가
이만하면 대풍일세

초겨울 어느 날의 자화상

다시 또 세월이 가고
바람 아주 차가워지기 시작하던
초겨울 어느 날의 해질녘이었다
그때 우리 그 젊은 날의 순수한 사랑
그 놀랍도록 해맑은 사랑의 흔적 위에
이제야 피어나기 시작하는 눈부신 황혼
그 환희에 찬 단풍잎 하나가
점점 더 차가워지고 있는
초겨울의 이 매서운 바람결에 너울너울
마지막 잎새 되어 춤을 추며
콧노래 흥얼거리고 있었다는 것이다
금의환향錦衣還鄕이라는
너무 정말 감동적인 깃발을
마음껏 휘날리며……

망향의 노래

가난이 부끄러워 고향엘 못 가다가
자가용 없어서도 귀향길이 멀더니만
세월이 흐르고 보니
낯설은 고향일세

부음을 받고 보면 또 한 친구 간 곳 없고
옛집도 문전옥답 사라진 지 오래지만
그 향기 못 잊는 것이
고향이요 추억이니

하늘이다 그리운 것 변함없이 다정한 이
꿈속의 뒷배경도 어느 때나 고향하늘
그립고 보고플 때마다
눈을 감고 그려보네

군자산君子山 2

산이 하나 우뚝 서 있다는 것이다
온갖 인고忍苦의 날들을 참고 이겨내면서도
우리들의 이 거룩하고 눈물겨운 세상을
사랑과 평화로 가득 넘치게 하고자 하는
아주 정말 늠름하고 당당한 산이 하나
내 이 가슴 안에 조금씩 커가고 있었다는 것이고
우리 삶의 뿌리를 단단히 지켜내는 파수꾼으로서
일상의 삶을 늘 감사하고 기뻐하며 살고
살아가는 모든 순간들이 곧 크나큰 은혜임을
모든 이가 깨닫고 기뻐하며 살게 하고
우리 생명의 원초를 지키고 있다는 긍지를 갖고서
변함없는 풀꽃들의 간드러진 합창을 이끌어 내며
날마다 화합의 웃음꽃을 피우고자 하는 해맑은 산
님의 그 뿌리 아주 깊고 놀라운 사랑과 더불어
신의信義를 생명처럼 여기며 살아가면서
복된 말씀의 숲을 가꾸어 내고자 하는 산이 하나
내 이 가슴 안에 쑥쑥 커가고 있다는 것이다
우리 이 땅의 온전한 평화를 소망하는 해맑은 산 하나가

놀라운 사랑

어머니 죄송해요, 그때 우리 타향살이
가난이란 불청객에 대책 없던 겨우살이
그 아픔 잊을 수 없는
세월 속의 흔적이니

골방의 삼복더위 산동네의 겨울 한파
그때 그 서러움들 오늘 다시 돌아보니
그 흔적 불효자 되어
속가슴을 할큄이라

어머니다 한겨울 밤 꿈속으로 찾아오셔
그때 우리 세상 구경 잘했다고 미소 주며
지난날 그 아픔들도
사랑하자 달래주네

우리 시대의 영웅

세상일 안타까움에 늘 울분을 토하면서도
날마다 스스로를 돌아보고 다독이며
세상의 온전한 평화 위해 무엇인가를 해야 한다면서
옹기종기 더불어 사는 세상
서로 돕고 위로하며 다정스레 사는 인생
사랑을 몸소 실천하며 살고자 하는 무명의 용사들이다

오순도순 날마다 감사하며 사는 이들
서로 정 주고받으며 정답게 살아가면서
지혜로운 삶의 길잡이를 자청하며
서로 도우고, 서로 의지하며 살아내는 것이
가장 잘 사는 인생임을
온 세상에 알리고자 땀 흘리며 살아가는 사람들이고

불의를 보며 늘 분노하면서도 의義로운 인생 행마를
솔선수범해 보이고자 하는 이들
함께 누리고 가지는 이 땅의 온전한 평화와
모두의 안녕을 위해 무엇인가를 실천하며 사는 것이
가장 값지고 복된 인생이라 이르면서
이를 위해 최선을 다하는 이 땅의 이름 모를 용사들이다

요즘 세상 들여다보기

재미있는 세상이다, 아니 우스운 세상이다 천방지축
맞지 않은 옷을 걸치고 광대처럼 날뛰는 것들
어울리지 않은 자리에 앉아 온 나라에 먹칠을 하고도
부끄러운 줄 모르고 이리저리 들쑤시고 다니는
이 땅의 모리배들과 그들을 또 무조건 추종하는 못난 것들
그 구역질 나는 뉴라이트들을 보는 것도 괴로운데
가슴 아프게 하는 소수의 여중생들
후배들에게 무서운 폭력을 행사했다는 소식이 들리고
그들의 입술이 수상하다는 것이다
새빨간 립스틱, 아무리 빨리 어른이 되고 싶어도 그렇지
아직은 때가 아니어서 걱정이 된다는 것이고
해야 할 학업을 팽개치고는 뒷골목의 유흥가를 배회하며
화통처럼 내뿜는 담배 연기에 취한 듯 비틀대는 몇몇의
남학생들
아이 어른도 몰라보고 행패를 부린다니
보통 문제가 아니라는 것이다, 사필귀정과 인과응보
벗어날 수 없는 인생의 행마를 어찌하려고 밤낮없이
졸부들이 붐빈다는 러브호텔, 큰일이 아닌가
천벌 받을 짓인지도 모르는 저기 저 끈질긴 친일파들

온 나라에 먹칠을 해대고 있는 저 구역질 나는 광란의 무
리들

저들의 잔치판이 밤낮없이 벌어지고 있다는 것이……

2024. 8. 15

그리움 2

그립다 보고파서
그 시절을
돌아보니

님이다 손 내밀며
웃으면서
반겨주어

오늘 또 눈 꼭 감고 앉아
님과 함께
노닌다네

세월 4

장군이다
장군 중의
위대한 장군이고

지혜로
무장한 이
매듭 푸는 스승이라

세상일
인과응보를
조곤조곤 일러 주네

갈등

목숨을 걸고서도 꼭 해야 할 일들이 있다는 것이고
결코 해서는 아니 될 일들이 있다는 것이다
인간이기 때문이니, 인간이기 때문에
목숨을 걸고서도 꼭 해야 할 일들이 있고
해서는 아니 될 일들이 정말로 있다는 것인데
사람이기 때문에 흔들리기도 하며 살아간다는 것이다
된서리 허옇게 내리던 시월 상달이었고
가을이 아주 짙어가던 어느 날이었다
"이번 행사에는 꼭 참석해 줘야 한다"는
고향에서 걸려 온 친구의 간절한 전화질에 그만
그렇게 하겠다는 대답을 해 놓고 보니
심한 갈등이 생긴다는 것이다
그날이 바로 안중근, 대한의군 중장님이 순국하신 날이고
비핵화 회담을 위한 정부의 중대 발표가 있을 예정이며
이웃사촌의 막내아들 결혼식도 있고 하여
심한 갈등을 겪었다는 것인데
아무런 가책도 없이 역사 왜곡을 늘어놓고 있는 일본인
들
결코 사람다운 사람이라면 사람다운 짓을 하며 살아야 한

다는 것을

  깨우치며 살아야 참다운 사람이 된다는 것이다……

별
을
보
며

김
석
주

제3부

역사의 소리

장군, 이순신

어찌 다 말로 할까, 장군님의 삶의 이력
일거수일투족이 눈물겨운 흔적이라
그 자국 더듬어보며
하늘 보고 절함이여

지략이 탁월함에 적장敵將들도 존경하고
솔선수범 사심 없어 장졸들이 하나 되는
일당백 사기충천이
장군님의 전술이니

하늘을 믿었음에 두려운 게 없었으며
만백성의 안위와 구국 하나 일념으로
싸웠고 이겼음이라
그 흔적이 경이롭다

별1

 – 충무공 이순신 장군

 덕분임을 알아야 한다는 것이다, 장군 이순신
 우리들이 오늘 이 땅에서 살아가고 있음은
 그때 그 목숨을 걸고서 왜적, 그 고약한 악의 무리들을
 물리쳐주신 그때 우리 이 땅의 님들
 우리 저 하늘의 별이 되신 이순신 장군님과 수많은 님들
 고귀한 님들이 계셨기에 가능한 일임을 알아야 한다는 것
이다
 얼마나 무섭고 두려웠겠는가
 열두 척의 병선을 갖고서 개미 떼와 같은 도적 떼들
 불바다를 이루며 달려들고 있는 미친 개 떼들을 앞에 놓
고서
 살려면 죽을 것이나 목숨을 걸고 싸우면
 기필코 이겨낼 수 있다고 외치시는 장군님의 호령에
 장졸들의 사기가 하늘을 찔렀던 것이고
 포구의 어부들과 온 백성들이 혼연일체, 의병이 되어
 그때 그 아주 고약한 왜(倭)의 악당들을 물리쳤음이니
 그래서 우리 이 땅을 지켜 놓고는 초개처럼 목숨들을 바쳐
 우리 저 하늘의 별이 되시어
 우리 민족의 등불이 되신 충무공 이순신 장군님과 수많

은 님들

　아, 우리 이 땅의 영원불멸의 영웅이시고

　우리 민족을 구해 내신 위대한 님들께 늘 감사할 줄 알아

야만

　사람다운 사람이라 할 수 있다는 것이다

　남과 북, 우리 이 분단 현실을 부끄러워할 줄도 알아야

만……

2023. 9. 16

별2
– 대한의군 참모중장 안중근

별 하나가 되었을 것이다, 안중근
그때 우리 이 땅을 짓밟았던 이또란 녀석
그 간교하고 잔악한 악의 원흉을 제거하고 가셨으니
하늘나라 우리 저 별들의 뜨거운 환호를 받으시며
그도 당당히 별 하나가 되었을 것이고
지금껏 이 땅을 비추고 있었을 것이다, 의義로운 세상
모두의 안녕과, 함께 누릴 평화 위해
끈질긴 저 어둠의 무리들과 싸워 이긴 새벽 별과 같은
우리 저 하늘의 별 하나가 되었을 것이니 안중근
온전한 평화와 사람다운 삶을 위해
스스로의 안위를 생각하지 않으셨던 님들의 삶
서로 의지하며 옹기종기 정답게 살아가야 한다고 이르
시는
우리 님들의 뜨거운 사랑이니, 저 새벽하늘의 별
이 땅의 자유와 평화 넘치는 참다운 세상을 위하고
모두의 안녕을 위해 무엇인가를 실천하며
뜨거운 사랑의 흔적을 남겨야 한다고 일러주시면서
우리들의 금의환향, 그 화려한 꽃길을 밝혀 주시면서도
사람답게 살아야 한다고, 저기 저 이웃 섬나라를 향해

오늘도 두 눈 부릅뜨고서 노려보고 계시리라 믿는 안중
근의 별
저기 저 의로운 별들을 믿고 당당히 살아가고 있다는 것
이다

2023. 10. 26

전언傳言 3
　— 왜국倭國에게

사랑하라 참 평화를

모두 함께

행복하라

안중근의 가르침을

다시 한번

전하노니

하늘의 뜻 따르면서

사람답게

살아가라

이 땅의 선구자들

도적 떼 몰아내고 주인 자리 되찾고자
당당히 맞서왔던 그때 우리 지난 세월
님들의
그 피 흘림이
이 땅을 지킴이라

회한의 들꽃이다 오늘 다시 살펴보니
뺏기고 짓밟혀도 놓지 않은 민족의 혼
몸 바친
우리 님들이
꽃이 되어 피는 산하

님이다 의義로우신 이 땅의
선구자들
불의에 맞서오며 초개처럼 바친 목숨
놀라운 그 흔적들이
이 땅을 밝힘이라

어떤 세상 그리기

소문으로만 들어왔던 불구덩이의 땅이었다
자기들이 저지른 노략질을 참회하지 않고 요리조리
집요하게 감추고 숨기며 어거지만 부려왔던
그때 우리 이 땅의 지독했던 침략자들이었고
이제야 죽을죄를 지었다며 잘못했다고
다시는 몹쓸 짓 하지 않겠다고 통곡하며
한 번만 용서해 주면 다시는 못된 짓 하지 않겠다고
피눈물을 쏟으며 빌고 또 손발이 닳도록 빌고 또 빌고
있는
그때 우리 이 땅을 짓밟으며 자유와 평화를 앗아갔던 왜(倭)
그 지독했던 인간들과 그들을 추종한 족속들이었고
영원히 벗어날 수 없는 형벌의 땅
그 혹독한 고통과 괴로움의 세상에서
이제껏 통곡하며 울부짖고 있는 그네들의 흉한 모습
서로 악을 쓰고 삿대질하며 서로를 물어뜯고 싸워
너무 정말 흉측하게 일그러지고 찢겨 있는
그들의 그 참혹한 모습들을 파노라마처럼 아주 소상히 그
려내어
그때를 반성, 참회하지 않고 지금껏 어거지만 부리고 있는

오늘날의 왜인들과 그 추종자들에게 보여주고 싶다는 화
려한 꿈

　아주 정말 간절한 꿈을 꾸며 살아가고 있다는 것이다

　이 땅의 안녕과 온전한 평화를 갈구하며

8월의 추억

8월이 올 때마다 내 이 가슴 아주 깊은 곳에서는
매미 떼, 그 간드러진 노랫소리가 울려 퍼진다는 것인데
그때 우리 고향 집 앞의 사과밭
빨간 사과들이 주렁주렁 탐스럽게 익어갈 때였고
매미 떼들이 우르르 달려와 목청껏 노래해주던 8월
그때 우리 벗님 같은 매미 떼의 애절한 노랫소리처럼
함께 우리 일어나 외치었던 이 땅의 함성
그 잡힐 듯 아롱이는 해맑은 얼굴들이
내 이 가슴 안에 새근새근 되살아난다는 것인데
목숨을 걸고서 "대한독립만세"를 목이 터져라 외치셨다는
그때 우리 기미년의 의義로우신 님들의 놀라운 모습들과
함께 아파하고 분노하며 함께 일어나 맞싸웠던
이 땅의 당당하고 끈질긴 님들
그 꽃다운 얼굴들이 다시 되살아나는 8월이 오고
결코 잊을 수 없는 그때 우리 그 아픔의 세월
어찌 다 이겨내고, 어찌 다 참고 버티어내었는지
너무 정말 소중한 우리 님들의 모습들을 떠올리며
이 땅의 온전한 평화가 이루어질 때까지
님들의 안녕을 빌고 또, 우리 삶의 올바른 행마行馬를 위해

때때로 합장을 하며 살아가고 있다는 것인데

매미 떼 우지지는 8월 달의 변함없는 일상이고

뭔가를 다 이루지 못한 우리 이 땅의 가슴앓이라는 것이
다

다시 또 8월이 오고

분하고 원통하다
나라 잃은
서러움들

이제껏 울부짖는
선열들의
원한 혼백

듣는가 형제들이여
한 맺힌
저 소리를

어느 실향민의 노래

하모니카를 분다
우리들의 잃어버린 꿈과 혼을 되찾기 위해
오늘 또 더듬더듬 더듬더듬
고향이 그리워도 못 가는 신세와
뜸북뜸북 오빠 생각
해는 져서 어두운데 찾아오는 사람 없어
이 한 많은 인생사를 노래하며 두 눈을 감는다
하모니카를 분다
세상사 수많은 안타까움과 망향의 노래
그 사무친 그리움에
끊어질 듯 끊어질 듯 아직도 두만강 푸른 물에와
나도 모를 시나위 허튼가락
생활이 그대를 속일지라도 슬퍼하거나 노하지 마라
그 잔인한 노래를 부르며 눈시울을 적신다
하모니카를 분다
두 입술이 부르트도록 불효자는 웁니다와
그리운 금강산을……

임진강 추억

아주 오래전의 일이었다, 경기도 파주군 탄현면의 민통북방
임진강 제방 공사장에서 만나 친구처럼 지내었던
그 강가 마을인 오금리에 산다던 사람이었고
어릴 때에 있었던 가슴 아픈 사건이었다며
저기 저 통한의 임진강, 저 강가에서 가끔씩
고기잡이하던 어느 날이었고 아주 묘하게 생긴 포탄 하나가
걸려들었던 것이고 아이들이 그걸 갖고서 신명나게
뛰놀았던 것인데 그것이 글쎄 갑자기 터지어
우리들의 골목대장을 자칭했던 운이란 놈이 죽고
호야가 그만 불구가 되고 말았다는 얘기를 하면서
그때 그 통한의 6.25, 그 고약한 전쟁 때문이었다며
그 몹쓸 전쟁이 너무 정말 원망스럽다며 핏대를 세우면서
포탄이란 제아무리 오랜 세월을 물속에서 나뒹굴어도
결코 먹거리인 물고기가 되지 못한다는 것과
언젠가는 꼭 그 살상의 본성을 드러내고야 만다는 걸
다시 우리 가슴 깊이 깨우쳐야 한다면서
총칼이 땅에 묻히어 아무리 오랜 세월이 흐르고 썩어도

결코 먹거리인 알곡의 새싹을 틔워내지 못한다는 것과
이 땅의 거룩한 평화 위해 소중한 거름이 되지 못한다는
것을
우리 모두 뼈저리게 깨우쳐야 한다며 게거품을 물면서
고래고래 미친 듯 소리치던 그때 그 친구의 모습이
아직도 내 이 가슴 안에 그대로 살아 펄떡이고 있다는 것
이다

다시 또 우리 님들의 목소리

이놈들, 네 이놈들 친일매국 죽일 놈들
오늘 다시 일어서신 선열들의 원한 혼백
듣는가 형제들이여 한 맺힌 저 소리를

니들이 어찌 알까 그때 당한 모진 고난
민족이 겪은 고통 잊을 수 없는 자국
조국을 되찾기 위해 우리들이 싸운 흔적

그때도 그랬다네 부끄러운 매국노들
한 치 앞도 보지 못한 비겁한 위정자들
민족의 반역자들이 이 나라를 팔았느니

다시 또 뉴라이트, 대가리를 치켜들고
더러운 주둥이를 독사처럼 나불대는
친일파 이 죽일 놈들 천벌을 받을지니

2024. 8. 15

최후의 방법 2
― 통일을 위하여

방법이 없다는 것
협박하고 생떼 쓰고
숨기고 위장하며
전쟁마저 떠넘겨도
한 핏줄 한 형제임을
부정할 수 없다는 것

밥 먹듯 배신하고
도발하고 대들면서
단 한 번도 인정 않고
어거지로 일관해도
사랑이 아니고서는
방법이 없다는 것

구름다리

 - 평화통일을 기원하며

남촌과 북촌 사이, 이 골 깊은 개울에다

다시 우리 새로운 다리를 놓고

봄이 오면 아지랑이 너울너울 꽃소식을 전하고

무시로 오가던 사연과 사연

숙이와 돌쇠가 밤마다 저 하늘의 별을 헤며

달콤한 사랑 얘기 주고받던

우리 이 눈물겨운 남촌과 북촌 사이

여기 이 한恨 서린 개울에다

새로 또 단단한 다리를 놓고

기쁠 때나 슬플 때나 언제나 자유로이 오고 가며

함께 웃음꽃을 피워 내고자 하는

우리들의 이 간절한 소망 하나

이 꿈 하나만은 꼭 우리들의 손끝으로

이루어 내야 할 때가 되었다는 것인데

그래야만 아— 우리들의 이 한 많은 인생

우리 저 하늘 우러러 부끄럽지 않음이니……

세월의 소리 3

낙오된 인생이라
절망하지
말라시고

동강 난 조국이라
포기하지
말라시며

봄 오듯
이뤄질 날을
믿고 살라
이르시니

4월 어느 날의 일기

새 나라의 아주 착한 어린아이처럼
오늘도 동터 오는 여명의 꼭두새벽에 일어나
머리맡의 촛불을 켜고 정좌를 하고는
가슴 저려오는 그때 우리 너무 아픈 흔적들을
하나둘 되짚어 보고 있었다는 것인데 오늘이 바로
총선總選의 날이라, 다소곳이 합장을 하고는
우리 저 정치판의 구태의연한 당리당략
자기 집단의 이익만을 추구하는 못난 것들이 아니라
우리 이 놀랍고도 눈물겨운 민족의 미래와
이 땅의 평화와 선민들의 안녕을 먼저 생각하는 정치
그런 의로운 일꾼들이 많이많이 뽑혀
더불어 우리 옹기종기 다 함께 행복하고
함께 우리 잘 사는 세상, 나라와 국민의 안녕을
먼저 생각하고 걱정하며 헌신하는
그런 올바른 정치풍토를 만들어 갈 참다운 일꾼
의롭고 당당하고 현명한 이 땅의 정치일꾼들이
많이많이 뽑히길 학수고대하면서
오늘 또 오래오래 합장을 하며 살아가고 있다는 것이다

2024. 4. 10

벌떼처럼

- 1979년 10월 부마항쟁

벌떼처럼 일어났지 이 땅의 주인들이
철폐하라 유신헌법 물러가라 독재정권
목청껏 민주주의를
돌려달라 대들었지

남녀학생 노동자와 모든 이가 하나 되어
이 땅의 주인 자리 당당하게 되찾고자
힘 모아 독재 타도를
고래고래 외치었지

일어났지 부산 마산 앞장서서 유신 타도
목숨 걸고 나아갔지 정의로운 세상 위해
어영차 함께 일어나
새 역사를 썼음이여

충고

   - 1979. 10. 26을 생각하며

  정상에 올랐을 때는 늘 하산할 때를 생각하며 사사로운 욕심이나 감정 따위는 과감히 버릴 줄도 알고 사방을 둘러보며 상황판단이 빨라야 하고 포용력도 있어야 하고, 오를 때보다 더 어렵다는 내려올 때를 생각하며 수신제가, 솔선수범 행동거지를 조심하며 사사로운 기분에 도취되어서는 절대로 아니 되고, 자기 고집을 꺾을 줄도 알아야 한다는 것이다. 높은 자리에 오를 때일수록 그 힘을 과시하며 휘두르고 싶은 집요한 유혹의 욕망을 냉정하게 뿌리칠 수 있어야 하고 또 늘 민의_{民意}를 생각하며 귀를 열어 듣고 주위를 항상 깨끗이 하고 더 멀리 보는 행마를 펴고 행해야 훌륭한 업적을 남길 수 있다는 것을 그때 우리 이 땅의 10.26을 보고 배워야 한다는 것이다. 별이라도 딸 것 같은 그곳, 더 오를 곳이 없는 꼭대기의 자리,

그러나 그곳이 얼마나 무서운 자리인가
를 깨닫지 못하고서 국격國格마저 꺾어
버리는 노골적인 친일 행위, 결코 그런
무소불위의 힘을 휘둘러도 좋은 자리가
절대로 아님을 지금 당장 깨우치고 실
천해야 한다는 것을 내 이 응축된 사랑
의 힘으로 그대에게 전한다는 바이다

2024. 8. 15

새벽 별들의 속삭임

너무 정말 바보 같은 짓이라 일러주었다
이 땅의 저 수많은 원혼들을 그냥 버려두고서
지켜온 국격마저 헌신짝처럼 내버리는 정치
아주 창피하고 부끄러운 일이라 일러주었다

지난날의 악행들을 반성 않는 저 악독한 집단에게
그때 그 지독했던 핍박의 역사를 그냥 훌쩍 넘겨주는
친일 그 저자세의 외교야말로
너무 참 부끄럽고 어리석은 짓이라며
세상엔 경제, 그보다 더 소중한 것들이 많다면서
국격國格, 스스로 찾아 지켜가야 하는 것인데
짧은 시한부의 힘을 잠시 거머쥐었다고 하여
망나니처럼 모가지에 힘을 주며
민족의 가슴에다 칼날을 세우는 뉴라이트
한 치 앞도 내다보지 못하는 저들의 저 바보 같은 행마

너무 정말 부끄러운 짓이라 귀띔해주는 것이다
이뤄내지 못한 우리들의 의義로운 세상을 그냥 버려두
고서

망나니처럼 친일親日하며 제멋대로 설쳐대는 저들이

아주 정말 못난 짓이라 조목조목 일러주는 것이었다

2024. 8. 15

별 헤는 밤

님이다 의義로운 이 복된 길을 밝힘이라
초개처럼 목숨 바쳐 꽃등 되신
그 흔적이
하늘의 저 별이 되어
이 땅을 비추시니

사랑이다 옹기종기 정답게 둘러앉은
밤하늘의 별을 헤며 옛 생각에
젖어보니
그때 그 우리 님들의
눈부신 삶의 흔적

님이다 새벽 별들 온 세상을 밝히는 이
꽃다운 그의 삶을 길잡이라 받들면서
하늘의 저 우리 님들을
선구자라
품고 사네

제4부

먼 곳을 바라보며

황혼

꽃보다 아름답다
노을 속의
그대 얼굴

웃고 울며 함께했던
그 흔적이
눈부시니

네 몸이
흙이 되어도
그 사랑은 영원하리

초겨울 어느 날의 저녁 바다

노을이 서서히 짙어 오고 있었다
된서리 허옇게 내리었던
초겨울 어느 날의 저 저녁 바다에
서서히 어둠이 밀려오고
님인 듯 방긋방긋
별꽃들이 하나둘 피어나고 있었다는 것인데
아— 그때 우리 함께했던
너무 정말 순수했던 놀라운 사랑
그 뜨거웠던 추억의 순간들이
이제야 서서히 환희의 꽃이 되어
눈부시게 피어나고 있었다는 것이다
바람 점점 차고 매서워지고 있는
초겨울의 그 저녁 바다에……

자화상 2

이 길이 맞느냐고
때때로 묻고 있다
이렇게 사는 것이
꿈꿔 왔던 삶인가를
가끔씩
되묻고 있다
최선을 다했냐고

매서운 눈초리다
지켜보고 살펴보며
일거수일투족을
찔러 보고 뒤져 보며
오늘 또
잘 살았는지
돌아보라 다그치며

한겨울 꼭두새벽의 행운

아침인가 하고 벌떡 일어나 보니 04시
바람 아주 차가웠던 한겨울의 꼭두새벽이었던 것이고
머리맡의 촛불을 켜고서
그의 그 위대한 사랑의 시집을 다시 펴들자
한 시인이 엮어내는 세상의 완성
그 시의 감동에 가슴 아주 뜨거워지는 것이었고
우연히 또 페이스북에서 흘러나오는 재즈
처음 듣는 노가수의 물안개란 노래
흐느끼며 울부짖는 그녀의 너무나도 감미로운 목소리
너무 정말 대단한 시詩와 노래에 푹 빠져들면서
참으로 오랜만에 찾아온 달콤한 환희
평화 가득히 흘러넘치는 눈부신 새 세상을
마음껏 휘젓고 다니었던 꿈같은 시간이었다는 것이고
가슴 확 뚫리는 통쾌함과 더불어
새로운 삶의 용기를 얻게 해주었던 시와 노래
한겨울의 꼭두새벽에 얻어낸 놀라운 행운이었다는 것이다

2023. 12. 24

일체유심조一切唯心造

하늘이 높다 해도
내 맘 속에
있음 같이

세상일 모든 것은
생각하기
나름이라

성공과 실패의 삶도
죽어 봐야
알 일이니

떠나기 전에

변함없는 저 세월의 소리를 가만히 들어볼 일이다
세상일들의 아쉬움에 가슴이 활활 타오를 때는
저기 저 풀꽃들이 피어 눈부신 아득한 들길을
하염없이 걷고 또 걸어 볼 일이다

별들이 노닐다 떠나간 자리
자리마다 풀꽃들이 피어 눈부신
강나루 가는 길
나루터의 늙은 사공은 간 곳이 없고
아, 저리도 무심한 물결의 너울
너울 속에 아롱이는 눈부신 햇살같이
추억이여 잡히지 않는 우리네의 청춘이며
꺼지지 않는 우리 사랑의 영롱한 불꽃이여

무서리 허옇게 내린 벌판으로 나가 볼 일이다
님이 또 그립고, 그리워서 가슴이 짠해질 때는
나뒹구는 저 낙엽 속의 빈 의자에 앉아
오고 가는 저 철새들의 얘기를 귀담아들어 볼 일이다

추억 속의 신접살이

어머니 코 고시면 소리 없이 돌아누워
새 각시 손을 당겨 맞잡으며 잠이 들던
신혼의 단칸 신접살이
눈물겹고 애달픈 것

아쉽고 안타깝고 애처롭고 죄스러운
세상살이 말도 마라 가난이 원수였던
그때 일 떠오를 때면
얼굴부터 붉어진다

아내는 속았다며 웃으면서 말을 해도
미안하고 부끄럽고 고맙기 짝이 없던
그때를 뒤돌아보며
하늘 보고 절함이여

감사하며 살아야 할 일들

다시 또 우리들의 새벽이 오고
여기 이 무심히 스쳐 가는 해맑은 바람과
봄 여름과 가을, 그 화려한 계절과 매서운 겨울
변함없이 오고 가는 우직한 세월이 있고
세상의 것들 모두 다 보고 듣고 판단하고 계신다는
우리 저 거룩하고 놀라운 하늘과
어느 때나 늘 다정히 맞아주는 산과 들과 바다
허물없이 어울릴 수 있는 우리 그 벗님들이 있다는 것과
무엇이든 해결의 실마리를 내어주는
세월이란 듬직한 스승이 우리 곁에 있다는 것과
저마다의 가슴에 꽃소식을 전해주는 봄 처녀와 더불어
풀꽃들이 만발한 저기 저 눈부신 들길을
하염없이 걷고 또 걸을 수 있는 우리들의 금쪽같은 땅이
있고
그때 우리 너무 정말 힘겨웠던 순간들을 떠올리며
혼자서도 이렇게 목청껏 노래할 수 있다는 것
아, 너무 정말 감사하며 살아야 할 일들인 것이다
금의환향, 우리들의 환희 넘치는
영원한 귀향의 순간을 마음껏 상상할 수 있다는 것도……

꿈속의 어머니

그때 우리 타향살이 눈을 감고 돌아보니
불효한 한 시절이 부끄럽고 죄스러워
오늘 또 얼굴 붉히며
어머니를 생각하네

변두리의 산동네다 부엌 없던 단칸셋방
삼동三冬의 모진 한파 찜통 같은 삼복더위
그 세월 더듬어 보니
영락없는 불효자라

멍청한 세상살이 슬프고도 아픈 날들
그 세월 돌아보며 합장하고 잠이 들자
어머니 꿈속에 오시어
미소 주고 가심이라

퇴출되어야 할 것들

병원에 가는 길이었고, 지하상가의 빵 가게였다
아가씬지 아줌만지 잘 구분되지 않는 뚱보 점원이었다
아내와 내가 들어가도 본체만체
계속해서 핸드폰을 만지며 미친 듯 킬킬거리면서
아내가 빵을 골라 얼마냐고 물어봐도
몇 번째가 되어서야 겨우 가격만 얘기하고는 계속해서
혼자서 딴짓을 하며 손님인 우리들을 기분 나쁘게 하는
그런 인간들은 빵집에서 단호히 퇴출되어야 한다는 것
인데
자격 없는 저질들이 너무나도 많다는 것이다
특히 당리당략을 일삼고 있는
저기 저 나라의 일꾼들이라는 자들과 공직자들
자기 직분에 충실하지 않고 집단의 이익이나 한풀이
금방 또 들통이 날 짓거리들을 일삼고 있는 저 못난 것
들은
단호히 그 자리에서 퇴출되어야 한다는 것이다
빵 가게의 점원이든 나라의 큰 일꾼이든 간에
사랑의 뜨거운 가슴 없이 까불고 날뛰는 못난 것들
특히나 하늘의 뜻을 받들어야 할 정치지도자란 것들과

본분을 모르고 날뛰는 것들 모두 지금 그 자리에서 단호
히
 퇴출되어야 한다는 것이다

겨울나무

칼바람 맞고 서서 눈꽃 피운 삶의 여정
세한의 설한풍이 우듬지를 괴롭혀도
가슴의 꿈을 펴들고
미소 물고 참는 이들

이 또한 지나간다, 그 소리를 품에 안고
인생사의 사필귀정 그 진리를 설파하며
사는 일 그 복된 길을
비추고 밝히는 이

북서풍이 몰아치고 어둠들이 활개 쳐도
의義로운 삶의 길을 당차게 걷는 이들
그 이름 영원하리니
역사 속의 꽃이 되어

역사의 소리 5

하늘의 뜻이라 믿고 최선을 다하는 것이
가장 지혜로운 우리 삶의 길이라며
서로 오순도순 믿고 의지하며 정답게 살다 가야
저기 저 하늘의 별 하나가 될 수 있다고
구구절절 그 까닭을 일러주며
세상일에 너무 그렇게 애태우지 말고
높은 자리, 너무 많은 것들을 가지려고도 말고
두려워도 부러워하지도 말고 만족할 줄 알며
사랑의 흔적을 남기려 최선을 다하다 어느 날
바람처럼 훌쩍 떠나갈 수 있게
어디서나 당당하고 의롭게 살아야 한다면서
그것이 제일 잘 사는 인생이라 일러주며
아주 정말 소중한 것이 또 하나가 있다면서
가슴의 눈으로도 보고 듣고 판단할 수 있어야 하고
세월의 소리에도 귀를 기울이며 살다 가야
우리 저 하늘의 눈부신 별 하나가 확실히 될 수 있다고
날마다 조곤조곤 아주 소상히 일러주고 있다는 것이다

겨울 바다 3

파도 늘 웅성웅성
노래하는
갈매기 떼

포구엔 인적 없고
칼바람만
으스대고

황혼의 저 노을 속엔
추억 홀로
눈부시고

깨우침 2

얼마 전의 일이었다, 내 이 불편한 다리를
아주 오래도록 대신해주던 낡은 자전거가 글쎄
갑자기 몸살을 앓듯 축 늘어지며
나를 무척 힘들게 했던 것이고
그랬어도 꾸역꾸역 타고 다녔더니만
경비실의 박 주사가 그러는 것이었다
"어르신 타이어 바람이 다 빠졌는데요."
오래된 타이어와 낡은 부속들이 문제였다는 것
다시 펌프질을 하고 정성껏 닦고 조이며
기름칠을 해 주었더니만
옛날처럼 쌩쌩 신바람을 일으키며
도심 속을 다시 힘차게 질주할 수 있었던 것이다
이를 보고 깨우친 것이니, 황혼의 벗들이여
내 이 낡은 자전거처럼 다시 우리 새로운 몸가짐과
화려한 꿈을 꾸며 활기차게 살다 보면
다시 우리 환희의 꽃을 피울 수 있게 된다는 사실을
그대, 내 사랑하는 벗님들께 전하는 바이니……

사랑에 대한 에피소드

그 친구가 갑자기 물어 왔다
친구야
사랑이 무엇이고
답을 곧 못 해내자
시인이 그것도 모르나
울먹이듯
그랬다

술 한 잔 받아 도고
열불 나서 못 살겠다
한잔 술에 취하더니
제 갈 길을
재촉하며
이것이 사랑인기라
흥얼대며 그랬다

유년의 추억을 더듬으며

막바지의 겨울이었고, 해질녘이었다

호숫가 둔덕에다 모닥불을 피워놓고는

검정고무신과 두툼한 털양말을 말리고 있었던

북서풍이 매섭게 몰아치던 겨울 어느 날이었고

오후 내내 빙판에서 뛰놀다 그만

얼음판이 깨어져 한쪽 다리를 빠뜨렸던 것인데

함께했던 그때 우리 동무들과 함께

젖은 바지와 양말을 말리고 있을 때였다

꼬르륵 배꼽시계가 아주 요란하게 울리고 있었으며

너무 빨리 말리려다 그만 양말에 불이 붙어 못쓰게 된

미군들이 신었던 국방색의 털양말

그때 우리 엄마께 혼이 났던 추억들을 더듬으며

너무 성급했던 승부욕이 문제였던 아픔의 날들

그 힘들었던 고난의 세월들을 뒤돌아보는 것이고

고희 지나 백발이 되고서야 가슴을 치며 내 탓이요!

나의 큰 탓이었음을 뼈저리게 깨달으며

다시 우리 저 하늘을 보고 절하며 살아가고 있다는 것이
다

북소리

겨울이 막 시작되려 할 때였고 꼭두새벽이었다
여기저기서 두둥 두둥, 애절한 북소리가
들려오고 있었다는 것인데
멀리서 또는 가까이에서 두둥두둥 두둥두둥
쉴 새 없이 들려오는 이 간절한 북소리
무엇이 그리도 급하고 답답하였기에
이렇게도 이른 꼭두새벽에 일어나 신문고와 같은 SOS
가슴을 쥐어짜는 북소리를 울려대고 있다는 것인가
국민소득 삼만 불 시대에 들고
살기 좋은 새 세상의 문이 활짝 열린 지가 언제인데 이
제껏
사방에서 들려오는 SOS와 같은 북소리에
새벽 단잠을 깨고 보니 우리 저 아내의 방에서도 두둥
두둥
하늘로 향한 애절한 SOS의 북소리가 들려오고 있었던 것
인데
어저께였다 아무런 준비도 없이 내가 또
두 번째의 암 판정을 받고서
보름 만에 퇴원을 하여 집에서 자던 날의 꼭두새벽이었

고

  나도 어쩔 수 없이 우리 저 하늘로 향해 SOS의 북을

울리기 시작했었다는 것이다

2024. 11. 12

함박눈이 쏟아지던 날의 시 2

함박눈이 펑펑 쏟아지던 한겨울 어느 날이었다
터벅터벅 도심을 무작정 걷다 문득
시詩를 써야겠다며 눈을 감고 멍하니 앉았다가
하얗게 변해가는 우리 사는 세상의 놀라운 풍경을
넋을 놓고 멍하니 바라보고 있었다는 것이고
그때 그 우리들의 세월이 문득문득 생각이 난다는 것이
다
그날도 함박눈이 펑펑 쏟아지고 있었으며
빙판길이 된 산동네의 부엌도 없는 단칸셋방을 찾아
연탄 두 장을 꿰매 들고 비틀비틀 오르다 넘어져
사정없이 내동댕이쳐 버리고는 밤새 벌벌 떨어야만 했던
그날의 아픈 추억들을 떠올려 보는 것이고 통금의 시간
살벌한 호루라기 소리에 숨죽이며 살아야 했던
그때 우리 쉽게 물러나지 않았던 어둠의 세월
공수부대의 기계음 소리 요란했던 도심의 장갑차들까지
휘날리는 눈발에 덮여 새하얗게 변해가던 놀라운 풍경
하늘에서 펑펑 함박눈이 쏟아지어 우리들의 세상을
단숨에 새하얀 세상, 깨끗하게 변화시켜내는 저 하늘이
야말로

참으로 위대한 시인이라는 사실을 깨닫게 되었다는 것이
고

그로부터 나는 우리 저 놀라운 하늘의 위력을 받들면서

그와 더불어 당당히 살아가고 있다는 것이다

길잡이

세월의 소리다

믿고 당당히 살라는

우리 저 새벽 별들의

다정한 속삭임이고

의義로운 우리 님들이 남긴

사랑의 흔적들이다

제5부

인생에 대하여

인생에 대하여

  - 위대한 삶

백 년 전후의 목숨들일 것이다

그것을 걸고서

또 하나의 생명을 얻어내는

아주 놀라운 농사이다

지혜롭게 잘 살아가고 있다는 것은

우리 이 보잘것없는 한 목숨에서

영원한 생명이라는 보배로운 것을 거둬 내고

평화의 완벽한 또 하나의 세상을 일구어내는

아주 정말 신비로운 영농이니

우리 서로 오순도순 사랑하며 살고

서로 정 주고받으면서 살다 어느 날

저 영원한 생명의 나라로 훌쩍

금의환향錦衣還鄕할 수 있게

오늘 하루를 슬기롭게 살아가고 있다는 것은……

바둑 입문기

접바둑
석 점에다
자존심을 달래가며

패覇걸이
묘수풀이
두 점 머리 맞고서도

끝끝내
참고 견디며
영생永生의 길 찾음이라

꿈 이야기

꿈을 꾸며 열심히 살아가고 있다는 것이다
저 늘 푸른 창공을 마음껏 휘젓고 다니는 환희
이 땅의 저 의義로운 님들과 더불어 오순도순
서로 정 주고받으면서 옹기종기 살아가고자 하는
아주 참 행복한 꿈을 꾸며 흥얼흥얼 살아가며
수많은 원혼들, 너무 정말 억울했던 이 땅의 그 원혼들이
우리 저 하늘나라로 훨훨 날아올라 사랑의 땅
영원한 생명의 나라를 얻어 누리게 되는 평화
그런 화려한 꿈을 꾸며 밤낮없이 기도하며
뚜벅뚜벅 살아가고 있다는 것인데
환희의 세상인 것이다, 너울대는 우리 님들의 춤사위와
함박 웃음꽃들이 피어 반짝이는 축복의 땅
더 바랄 것이 없는 새 세상을 얻어 누리는 화려한 꿈을
꾸며
날마다 소망의 글을 지어 소지燒紙로 퍼 올리며 살고
우리 이 땅의 온전한 자유와 평화 위해
아주 참 의롭게 살다 가신 우리 그 놀라운 님들처럼
나도 그렇게 일상의 삶을 뜨겁게 살다 가고자 하는
환희의 꿈, 그런 복된 꿈을 꾸며
아주 당당하고 즐겁게 살아가고 있다는 것이다

밤바다

미포尾浦의 밤바다에 와
저 먼 곳을
바라본다

오륙도 이기대와
광안대교
동백섬과

바다와 하나 된 하늘
그 환희에 찬
새 세상을

시詩

너무 그렇게 으스대지 말고, 어떤 경우에도
절망하지 말라는 사랑의 의미가
뼈대를 이루고 있어야 한다는 것이다
하는 일들이 잘 풀리지 않고
사는 일이 늘 꼬이기만 하고 힘이 들어도
가슴 안의 그 화려한 꿈의 깃발을 펄럭이며
뚜벅뚜벅, 최선을 다하다 보면
언젠가는 꼭 성공의 길이 활짝 펼쳐지고
생각지도 않은 행운이 찾아오기도 한다는 것을
만천하에 알리고자 하는 의미가 담겨 있어야 하고
그 화려한 꿈을 믿고 당당히 살아가다 보면
사필귀정, 그 보상의 날들이 꼭
찾아오고야 만다는 사실과
그때 우리 님이 주신 말씀을 믿고 당당히 살아가다 보면
평화 넘치는 환희의 세상에 이르게 된다는 사실을
만천하에 알리고자 하는 속 깊은 글이 되어야 한다는 것
이다
보배로운 글, 참으로 위대한 시라고 하는 것은……

겨울 추억 5

꼬르륵 배꼽시계
눈물겹던
그 소리에

겨울밤
어머님이
배추 뿌리 깎아 주며

삼동三冬의
기나긴 밤을
자장자장 달래줬지

꿈 이야기 7

꿈속이었다, 나를 늘 지켜주고 계시는
해맑고 당당한 수호천사이시었고
나의 손을 꼭 잡고 다니며
말로는 차마 표현하기 힘든 형벌의 땅인 불구덩이
그 몹쓸 세상을 아주 소상히 보여주신 것인데
너무 정말 참혹했던 형벌의 땅이었던 것이다
그 불구덩이의 땅을 구석구석
빠짐없이 돌아보라시며 대부분 그 지독했던
왜인(倭人)들과 그들을 따르고 추종했던
친일 매국노들이었던 것이고
그랬다, 제발 죄짓지 말고 더불어 살면서
우리 세상의 온전한 평화와 모두의 안녕을 위해
무엇인가를 실천하고자 하는 헌신
사랑의 따스한 흔적을 남기기 위해 최선을 다하면서
열심히 살다 가야 한다고 일러주는 꿈
너무 정말 섬세하고 확고한 꿈을 꾸며
오늘 하루를 당당하게 살아가고자 한다는 것이다

진실

바람이 불지 않는 날은 가슴이 더 답답해진다는 것인데
이 땅의 바람, 신바람이 불지 않은 날에도
새들은 저 푸른 창공을 마음껏 휘저으며 날고
성당의 종소리는 애절하게 울려 퍼지지만
정치가 이렇게 막다른 골목으로 질주하듯 내달리며
불통의 칼을 마구 휘두를 때마다
가만히 앉아 있어도 터질 듯 가슴이 답답하여
숨통이 콱콱 막혀 온다는 것인데
다시 또 친일親日, 그 더러운 세력들이 날뛰고
타락한 법관들과 변호사들이 그렇고
꼭두각시가 되어가고 있는 비겁한 감사원과 검사들과
손을 놓고 있다는 선생님들과
길 떠난 의사들의 숫자가 점점 더 늘어나고 있는데도
나라의 일꾼들이 귀를 막고 고집불통하는 정치
곳곳에서 물러가라 자격 없다, 꼼수 정치하지 말라는
민중의 소리를 외면하고 있어
가을 들판이 온통 황금빛이 되어가도 웃음이 나지 않고
터질 듯 가슴만 자꾸 답답해진다는 것이다

멀리서* 와장창, 와장창 포탄 터지는 소리 가슴을 때리고……

* 우크라이나와 이스라엘의 팔레스타인 지역

깨우침 3

어둠이
짙을수록
별빛 더욱 눈부시고

수심愁心이
깊을수록
깨우침이 크다 하여

그때 그 고통 모두를
은혜라
깨닫는다

길잡이 3

세월이다
변함없이
가고 오는 계절이고

오고 가는 철새들과
들판의
풀꽃들과

의로운 우리 님들이 남긴
사랑의
흔적들이다

위대한 서정

 — 피에타

너무 정말 안타깝고 애처로운 일이라 했다
피에타의 성모님, 십자가에 못 박혀 처절하게 돌아가신
아드님 예수를 안고, 멍하니 내려다보고 있는
어머님의 모습이 너무 정말 슬퍼 보이고
가슴 미어지게 하는 일이라고 사람들이 수군거린다지만
묵상의 심정으로 살펴봐야 한다는 것이다
장하다 내 아들!
그 온갖 모욕과 지독한 고통들을 다 참아내고서
놀라운 임무를 완수해낸 네 모습이 너무 정말 장하다 내
아들!
이런 목소리를 들을 수 있어야 한다는 것인데
창에 찔리어 핏물이 콸콸 쏟아지었던 옆구리의 상처와
참기 힘든 그 고통의 가시관을 꾹 눌러 씌워
산딸기와 같은 붉은 피가 왈칵왈칵 쏟아지었던 예수님의
죽음
구원의 길을 완성하기 위해 십자가에 못 박혀
너무나도 처절하게 죽어야만 했고
그래야만 모든 인간들에게 영원한 생명의 길이 열리게 되
는 것이라

이를 위해 사랑의 제물이 되신 예수님의 죽음

어머니의 그 한결같은 묵시를 찾아볼 수 있어야 한다는 것이다

오, 너무 정말 고귀하신 예수님의 헌신

그의 그 환희에 찬 부활을 확신하고 계신다는 것을 읽어내야 하고 또

장하다 내 아들! 이 신비로운 모습을 보고

세상 모든 사람들이 영생의 길, 구원의 온전한 길을 찾게 되길

간절히, 간절히 바라고 있다는 피에타, 이게 곧

이 예술작품이 말하고자 하는 위대한 사랑임을 알아야 한다는 것이다

놓아주기
- 친구

추억이다 함께했던

흔적들을 더듬으며

보내놓고 돌아서서

홀로 눈물 훌쩍이며

잘 가게 잘 가시게나

하늘 보고 절함이니

맨발 걷기

해운대, 그 늘 북적이는 선남선녀의 숲을 지나
속삭이듯 파도 철썩이는 모래밭을 맨발로 걷는다는 것
이다
그때 우리 그 뜨거웠던 청춘의 시절을 잊지 못하는
내 이 사라지지 않은 열정으로부터 시작된 것이
가을 한 철이 지나 겨울, 또 한 해를 보내고
다시 또 봄여름이 가도록
열심히, 아주 열심히 걷고 또 걷고 있다는 것인데
우리 그 해맑은 추억들을 노래하며 걷다 보니
잡힐 듯 말 듯한 시어詩語들이 춤을 추고
다시는 만날 수 없는 그리운 그대
그 가물거리는 우리 님들의 얼굴을 하나둘 되새기며
그리움의 노래들을 다시 한번 목청껏 불러도 보고
아, 이제야 "사랑한다"는 말을 속삭여도 보면서
그때의 일들을 다시 또 되뇌어도 보는 것인데
사랑의 꿈을 꾸며 저 넓은 하늘을 바라보며
이 바닷가 새하얀 모래밭을 맨발로 걷다 또 지칠 때면
금모래 이 눈부신 백사장에 털썩 주저앉아 꿈이 되어 버린
하늘 저 환희의 세상을 창공에다 마음껏 그려보는 것인데
그 재미와 감동이 예사롭지 않다는 것이다

하늘 3

무한정 꿈을 펴고
자유롭게
상상하며

뭣이던 그려 보고
꾸며 보고
펼쳐 보며

마음껏 뛰놀 수 있는
완벽한
놀이터니

신神

– 세상 구석구석을 둘러보고

신은 있다, 아니 꼭 계셔야 한다

더러운 것들

저기 저 저, 저들의 짓거리를

살펴보고 뒤져보라

세상일 모든 것들을 다 보고 듣고

판단하고 계시면서

아주 참 놀라운 상도 주시고

끔찍한 벌도 가차 없이 내리신다는

우리 저 하느님이 정말 아니 계시고 되겠는지

보라, 저기 저 저

저들의 짓거리를 소상히 살펴보라

바보처럼 멍청하고

비겁하고 더러운 것들의 일거수일투족을……

할머니의 애교

뵐 때마다 할머니
정말로 죽고 싶다
장성한 손자들의
용돈 받아 챙기시며
"영감아
내 좀 데려가라"
애교를 부리신다

밥맛 없어 못 먹겠다
알사탕이 먹고 싶다
토라진 할머니가
애기처럼 귀엽다며
고모님
발길이 잦고
먹거리가 넘쳐나고

함박눈의 위력

하늘의
뜻이었다
함박눈이 쏟아지고

모든 게
하얘지고 깨끗해진
세상 풍경

이 땅의 도심을 바라보며
눈의 시詩에
놀람이라

땅속의 별

가난한 농부의 막내아들로 태어났었단다
해방이 되던 해에 무작정 고향을 떠나
아무런 연고도 없는 도시에서의 삶, 그 온갖 고초 끝에
도청의 사환使喚이란 일자리를 얻고부터, 주경야독
야학의 악조건 속에서도 수재라는 소리를 들어가며
공부에만 열중했던 30대의 중반
하늘의 별 따기라던 '사법고시'에 합격을 하고는
이 땅의 비천하고 억울한 이들의 편이 된 판사로서의 생활
결코 쉽지 않았던 그 기나긴 세월 끝에
정년이 되어 퇴직을 하고부터는 또 인권변호사
그 가시밭길을 스스로 택해서는
가난하고 뒤쳐진 사람들과 늘 함께했던 꽃다운 삶
돈보다는 사람을, 그것도 비천하고 힘없는 사람들을 위해
최선을 다하다가 여든 중반이 되던 해의 늦은 가을이었고
평일 저녁미사에 참례를 하고 돌아와서는
복음 성경을 읽고 묵주기도를 바치다 스르르 잠이 드시고는
다시는 깨어나지 않으셨다는 그이의 삶
많은 사람들의 애도 속에 먼 길 훌쩍 떠나셨지만

님의 그 사랑의 흔적만은 수많은 사람들의 가슴 안에 반
짝반짝
 별이 되어 빛나고 있다는 청백리의 삶
 끝없이 이어지는 그 칭송의 말을 들으면서 깨닫느니
 우리 이 땅의 저 깊고 캄캄한 땅속에도
 수많은 별들이 반짝이고 있다는 사실과
 미천한 우리들도 그 눈부신 별 하나가 될 수 있다는 것
을……

가을 편지

아파 봐야 안다는 것이다
구겨지고 사정없이 꺾여져야 한다는 것을
겨울을 재촉하는 가을비 추적추적 내리고
병실의 창가에 서서
비에 젖고 있는 낙엽들을 바라보며
그때 우리 그 청춘의 시절을 되새겨보면서
그리운 벗님들에게 안부를 전한다는 것인데
아프지 마라
내가 다시 건강한 몸으로 돌아가
다시 또 우리라는 이름의 사랑이 될 때까지
제발 아프지들 말고
저기 저 11월의 들녘처럼 완벽하게 익어가라
이것이 이 늦은 가을에 띄워 보내는
그대를 향한 나의 사랑이요 기도이니
제발 아프지들 마라

2024. 11. 24

발문

맨발로 걷는 시인

조성래(시인)

시와 시조로 묶은 이 책은 김석주 시인의 유작집이다. 시인은 이 작품집을 발간하려는 꿈을 이루지 못하고 지난 1월 말에 갑자기 세상을 떠났다. 가톨릭 신앙 안에서 나의 대부였던 김석주 시인은 병문안 간 나에게 자신의 건강보다 작품집 걱정을 앞세우면서 이 책의 발간을 간곡히 부탁했다. 생의 마지막 등불이 꺼져 가는 순간까지 시와 시조에 대한 열정을 놓지 않았던 대부님을 기리며 나는 눈물로 이 작품집을 엮는다.

김석주 시인을 처음 알게 된 것은 1987년 무렵이다. 그 당시 나는 뒤늦은 군 복무를 마치고 동래의 어느 여학교에 근무하고 있었는데, 퇴근길에 그가 운영하는 서면의 전통 찻집 '시간의 빈터'에 가끔 들르곤 했다. 그러다가 그해 출간된 그의 첫 시집 『조선고추』 출판기념회에서 시집 속의 시 한 편을 낭송한 것이 계기가 되어 더욱 가까워졌다. 골격이 건장한 그는 호걸풍이었고 목소리가 우렁우렁하면서도 다정했다. 그는 나를 아우로 대했고 나는 그를 큰형님으로 모시며 서면시장 술집에서 즐겨 어울렸다.

그러던 1988년 5월 어느 날. 그는 나에게 한 아가씨를 소개했다. 나중에 나의 아내가 될 사람이었다. 처음 그의 주선으로 '시간의 빈터'에서 그 아가씨를 만났을 때 나는 많이 당황했다. 세련된 서울 말씨를 쓰는 그녀는 예상 밖의 미인이었고 화젯거리 하나하나가 시골 출신인 나를 주눅 들게 하기에 충분했다. 나는 일찌감치 그녀를 못 올라갈 나무라 치부하고 그녀 쪽으로 기우는 내 마음을 원위치시키고 말았다. 하지만 그것은 나의 짧은 소견이었다. 매사를 그렇게 너무 빨리 포기해서는 안 된다는 그의 은근한 충고가 있고 나서, 신기하게도 그녀는 내 앞에 다시 나타났다. 믿을 수 없는 일이었다. 나중에 알고 보니 두 사람은 같은 성당에 다니는 교우였다.

중요한 것은, 그 일이 있기 전까지 그가 독실한 가톨릭 신자라는 사실을 나는 전혀 눈치채지 못했다는 점이다. 그때까지만 해도 종교에 별 관심이 없었던 나는 굳이 따지자면 불교 쪽에 가까운 사람이었다. 그러한 나를 아우로 대하면서 그는 나에게 부담이 될까 봐 일부러 종교 이야기를 꺼내지 않았던 것 같다. 그만큼 그는 신중한 성격이었고 상대에 대한 배려가 깊은 사람이었다. 특히 종교에 대해서

만은 겉으로 떠벌리기보다 일상생활 속에서 굳건히 실천하는 스타일이었다.

돌이켜 보면 내가 노총각 신세 면하게 된 것은 순전히 나의 대부 덕이라고 고백하지 않을 수 없다. 나는 이듬해 아내 될 사람과 약혼한 상태에서, 그녀와 김석주 시인 두 사람의 공작으로 서면성당에서 6개월 교리를 받고 가톨릭 신자가 되었다. 세례식 때 그는 기꺼이 나의 대부가 되어 주었다. 그리고 마침내 성사된 성당 결혼식 과정에서는 내 든든한 증인 역할을 했다. 이후로 나는 그에 대한 호칭을 자연스레 형님에서 대부님으로 바꾸었다. 그리고「대부」라는 영화도 좋아하게 되었다.

나의 대부 김석주 시인은 신앙단체 안에서 늘 모범적이었다. 그는 세례명이 베드로인데 그야말로 반석 같은 사람이었다. 레지오나 가톨릭 문인 활동을 하면서 그는 언제나 교우들의 신망을 받으며 잘 화합했다. 서면성당 시절, 나는 그의 대자가 된 것이 참으로 자랑스러웠다. 그러면서도 나 스스로는 신앙생활이 부실해 내심 부끄럽기만 했다. 어쩌다 내가 게으름을 피울 때면 문단의 원로 가톨릭 신자였던 이규정 선생이 '아만도 씨도 베드로 대부님을 좀 본받으라'고 타이를 정도였다(나의 세례명은 아만도이다).

김석주 시인은『조선고추』이후 다수의 시집과 시조집을 냈다. 언젠가 나에게 자신의 시적 롤 모델이 푸시킨의「생활이 그대를 속일지라도」라고 말하면서 그 시를 줄줄 외운 바 있다. 젊은 날 홀어머니 모시고 서울의 어느 산동네 단칸셋방에서 힘들게 살아갈 때, 이 시에 힘입어 희망을 찾았다고 했다. 그 구체적 내용은 지난번 시집에 나와 있으니 잠시 들여다보자.

> 시에 처음 입문을 할 때부터 시인이란 지금의 것에 만족하지 않고 더 아름답고 더 지혜롭고, 더 값어치 있는 삶의 길을 제시하여 모든 이들을 걷게 하는 안내자의 역할을 해야 한다고 생각하였다. …(중략)… 그래서 오늘까지 그런 자세로 작품들을 써 왔던 것인데, 그 롤 모델이 된 시가 바로 푸시킨의 「생활이 그대를 속일지라도」였다. …(중략)… 그로부터 나는 그 시 구절을 늘 가슴에 간직하고 살아왔으며 또 나도 그런 시 한 편을 써 보고 싶다는 꿈을 갖게 되었는데, 그 지혜와 용기를 실천하게 해 준 분이 바로 나의 신앙의 대상이신 절대자이시다.
>
> — 시집 『세상 그리기』 (2022) 「후기」에서

시인으로서의 첫 출발점과 가톨릭에 입문하게 된 계기가 언급되었다는 점에서 이 진술은 김석주 시인을 이해하는 중요한 단초가 된다. 실제로 그는 푸시킨의 시에 빠져 있었던 1967년 8월에 초라한 가건물의 수유리성당에서 세례받은 뒤, 오랜 습작 과정을 거쳐 1986년 《시의 길》 1집으로 등단했다. 그리고 흔들리지 않는 신앙의 힘으로 생을 마칠 때까지 시와 시조를 썼다. 그의 작품에서 자주 목격되는 계몽적 성향이 "모든 이들을 걷게 하는 안내자 역할"을 한 데서 기인함도 확인할 수 있다(5부에 수록된 「시」라는 작품이 이를 잘 입증한다). 요컨대, 그는 가난한 현실 속에서 푸시킨의 시 한 구절에 감동하여 시인의 길을 택했고, 가톨릭에 입문함으로써 그 꿈을 실현한 것이다.

하고 보면 그의 시 세계는 처음부터 가톨릭 신앙에 깊이 뿌리 박고 있었다. 그에게 있어서 시와 신앙은 별개가 아니었던 셈이다.

> 백 년 전후의 목숨들일 것이다/그것을 걸고서/또 하나의 생명을 얻어내는/아주 놀라운 농사이다/지혜롭게 잘 살아가고 있다는 것은/우리 이 보잘것없는 한 목숨에서/영원한 생명이라는 보배로운 것을 거둬 내고/평화의 완벽한 또 하나의 세상을 일구어내는/아주 정말 신비로운 영농이니/우리 서로 오순도순 사랑하며 살고/서로 정 주고받으면서 살다 어느 날/저 영원한 생명의 나라로 훌쩍/금의환향錦衣還鄕할 수 있게/오늘 하루를 슬기롭게 살아가고 있다는 것은……
>
> — 「인생에 대하여 – 위대한 삶」 전문

시인은 고작 "백 년" 안팎 살다 가는 우리 인생을 '생명 농사'에 비유하고 있다. 그러면서 우리가 현실에서 "지혜 롭게 잘 살아가고 있다"는 것은 비록 "보잘것없는 한 목숨" 일지라도 하느님의 사랑 안에서 "영원한 생명이라는 보배" 를 추구하는 일이라 강조한다. 이야말로 "신비로운 영농" 이니, 서로 "오순도순" 사랑과 정을 주고받으며 하루하루 살아가자는 것이다. 그러다가 때가 되면 "영원한 생명의 나라"인 하늘나라로 "금의환향"하는 것. 그것이 "위대한 삶"임을 일깨우고 있다.

이 시의 "금의환향"이란 시어는 시인이 즐겨 쓰는 말인 데, 그것은 하늘나라가 우리의 이상향이고 거기로 돌아가 는 것이 인생의 궁극임을 의미한다. 그리하여 시인은 하늘 나라가 "사랑의 땅"이고, "환희의 꿈"과 "복된 꿈"을 꾸며 즐겁게 살아갈 "축복의 땅"이며(「꿈 이야기」), "마음껏 뛰놀 수 있는 놀이터"라고 인식한다(「하늘3」). 금의환향하기 위해서 는 일상생활 속에서 "하늘의 뜻이라 믿고 최선을" 다하면 서(「세월의 소리5」), "나이를 먹을수록 더 열심히 사랑을 베풀 고 행하여, 하늘의 곳간에다 보화"를 쌓아야 한다(「훈화—세 월의 소리」). 그래서 참으로 행복한 사람들은 "혼자서도 늘 싱 글벙글" 웃으며 "아주 먼 곳에 있는" 절대자를 그리워하는 자들이다(「참으로 행복한 사람들은」).

하지만 하늘나라는 쉽게 갈 수 있는 데가 아니다. 자신의 십자가를 짊어지고 고통의 무게를 감내해야만 도달할 수

있는 곳이다. 그것은 일찍이 인류를 구원하기 위해 예수님
이 보여준 죽음과 부활로 증명되었다.

> 너무 정말 안타깝고 애처로운 일이라 했다/피에타의
> 성모님, 십자가에 못 박혀 처절하게 돌아가신/아드님
> 예수를 안고, 멍하니 내려다보고 있는/어머님의 모습
> 이 너무 정말 슬퍼 보이고/가슴 미어지게 하는 일이라
> 고 사람들이 수군거린다지만/묵상의 심정으로 살펴봐
> 야 한다는 것이다/장하다 내 아들!/그 온갖 모욕과 지
> 독한 고통들을 다 참아내고서/놀라운 임무를 완수해낸
> 네 모습이 너무 정말 장하다 내 아들!/이런 목소리를 들
> 을 수 있어야 한다는 것인데/창에 찔리어 핏물이 콸콸
> 쏟아지었던 옆구리의 상처와/참기 힘든 그 고통의 가
> 시관을 꾹 눌러 씌워/산딸기와 같은 붉은 피가 왈칵왈
> 칵 쏟아지었던 예수님의 죽음/어머니의 그 한결같은
> 묵시를 찾아볼 수 있어야 한다는 것이다(후략)

- 「위대한 서정 – 피에타」에서

죽은 아들을 안고 있는 성모님의 비통한 모습을 묘사한
미술작품이 피에타이다. 주로 조각상으로 제작되어 있는
데 이것을 보는 사람들은 흔히 안타깝다, 애처롭다, 슬프
다고 느낄 수밖에 없다. 하지만 시인이 보기에 그것은 피
에타의 본질을 꿰뚫어 보지 못한 것이다. 하느님의 구원

사업이라는 "놀라운 임무를 완수"하기 위해 극한의 고통을 참아낸 아들을 두고 성모님은 "장하다 내 아들!"이라고 말했을 것이기 때문이다. 하늘나라에 들기 위해서는 현세에서의 고통과 죽음을 초극해야 한다는 진리를 대변하는 시이다.

가톨릭 교리에 가까운 이런 작품들을 읽고 있으면 일반 독자는 상당히 부담스럽다. 통상적으로 대하는 시들과 달리 뭔가를 가르치려 하는 까닭이다. 그러나 시인 쪽에서는 자신의 진심을 몰라주는 독자들이 외려 안타깝다. 왜냐하면 이런 작품은 그의 체험에서 우러난, 너무나 소중하고 절실한 것이기 때문이다.

시인은 아파트 이중 분양의 피해로 경제적 타격을 받은 적이 있다. 이를 만회하기 위해 '시간의 빈터' 이후 몇 번의 사업장을 열었지만 별 재미를 못 봤다. 그의 정직하고 사려 깊은 심성은 약빠른 상술을 발휘할 수 없었을 테지만 여기서 얻은 스트레스는 결국 그의 몸에 위중한 병을 안겨주고 말았다. 그는 육십 초반에 무서운 폐암 판정을 받고 큰 수술을 했다. 모든 사업에서 손을 뗀 그는 하느님만 붙들고 간절히 기도할 수밖에 없었다. 그런데 이 절망적인 상황에서 올린 그의 기도가 기적같이 통했다. 2년간의 투병 생활 끝에 그는 주변 사람들의 의구심을 떨쳐내고 거뜬히 완치되었다. 항암 치료를 맡은 의사가 '이분처럼 의사 말을 잘 듣는 사람은 처음 본다'고 했을 정도로, 그는 의사의 지시에 충실했다고 한다. 아마 신앙인으로서의 믿음과 정직이 그를 구원했으리라. 그러니까 김석주 시인의 시를 온전히 이해하려면 그가 겪은 이러한 극심한 고통과 절망, 그리고 하느님의 사랑을 어느 정도 전제해야만 한다.

병을 이겨낸 시인은 장성한 자녀들이 잘 풀려 해운대의 고급 아파트로 이사했다. 그리고 정말 하늘나라에 사는 듯 즐거움을 누렸다. 항암의 후유증으로 발바닥이 아파 처음 엔 자전거를 타고 바닷가 주변을 도는 정도였지만, 나중엔 상태가 호전되어 백사장을 맨발로 걸으며 유튜버 활동까 지 했다. 그러면서 일기 쓰듯이 시를 썼다. 그는 가끔 만나 는 나에게 하느님이 다른 소원은 들어주지 않아도 나의 생 명 하나는 지켜 주셨다며 껄껄 웃곤 했다. 그리고 해운대 밤바다에서 목격한 하늘나라를 이렇게 자랑했다.

놀랍도록 황홀한 풍경이었다/하늘 저 님의 속살이 그 대로 내비친 밤바다/그 수많은 별들이 화려한 자태를 뽐내며/님의 그 놀라운 사랑을/밤새 노래하고 있었다 는 것이고/피었다 지고 또 피고 지는 꽃구름들/더 바랄 것이 없는 새로운 세상이/그곳에 활짝 펼쳐져 있었다 는 것인데/날마다 꿈꾸어 왔던 우리들의 고향 하늘/온 전한 사랑의 세상이었고/평화 철철 흘러넘치는 꿈같은 땅이었으며/가슴 깊은 곳에다 때때로 그려 왔던/놀랍 도록 완벽한 환희의 세상이/여기 이 밤바다에 활짝 펼

처지고 있었다는 것이다/아, 너무 정말 들고 싶어지는

거룩한 하늘나라가……

– 「밤바다 감상하기」 전문

　이제 시인은 봄을 노래한다. 죽음의 위기에서 구원받은
그에게 봄은 부활의 환희와 다를 바 없다. 그의 작품 목록
에서 압도적으로 많은 봄의 노래는 한결같이 생명감으로
넘쳐난다. 긴 겨울의 추위를 이겨내고 소생한 자연물에서
시인은 창조주의 섭리를 확인하고 남다른 감격을 느꼈을
것이다. 그리하여 봄이라는 "새 세상"이 밝아오면 "삶의 생
기가 돋아나고"(「봄 어느 날」), "신바람이 일어나고"(「봄 처녀2」),
"풀꽃들의 우렁찬 함성"을 들을 수 있다(「봄 어느 날의 시」). 「지
난봄 어느 날의 일기」에서는 봄이 한창 익어가던 3월 중순
어느 날, 아내와 함께 백양산 성지곡수원지 오솔길을 걸으
며 귀여운 다람쥐들이 보여주는 "날고뛰는" 묘기에 감탄한
내용을 담고 있다. 또 「봄나들이」란 작품에서는 꽃소식이
들려 오는 이른 봄에 오륙도 근처 바닷가에서 노란 수선화
와 화려한 풀꽃들의 군무를 보고 행복과 보람을 느꼈다는
경험을 진술하고 있다. 이처럼 봄에 대한 시인의 예찬은
끝이 없다.

　어김없이 3월이 오고, 향기 짙은 산수유와 매화꽃/그

화려한 군락지를 찾아 사람들이 법석을 떨었지만/변함

없이 나는 또 그랬다는 것이다/나무 한 그루 서 있지 않
은 허허로운 들판을 걷다 문득/길가의 양달, 그 둔덕에
피어 있던/이름 모를 작은 들꽃들을 만나고 어찌나 반
가웠던지/옆에 덥석 주저앉아서는 지난겨울/그 매서웠
던 칼바람을 어찌 다 참아내었냐는/진심 어린 말을 건
네다 또 내 지나간 팔십 년의 세월/꼬이기만 했던 그 아
픔의 세월들이 떠올랐던 것이고/눈물이 왈칵 쏟아졌다
는 것인데/이상하게도 속이 시원해지면서 기분이 아주
상쾌해졌던/지난 3월 어느 화창한 봄날이었던 것이다
(후략)

– 「지난 3월 어느 날의 일기」에서

한편, 김석주 시인은 역사의식이 남달리 강했던 문인이
기도 하다. 그는 평소에 '의義로움'이란 덕목을 중시했는데
이러한 그에게 일본의 역사 왜곡은 참을 수 없는 의기를
불러일으켰다. 그는 이에 항의하기 위해 1997년 4월13일
부터 19일까지 일본 규슈 일원에서 '일본인들의 회개를 촉
구하는 거리 시화전'을 가졌다. 또 이 연장선상에서 2001
년에는 5월과 6월 두 달에 걸쳐 일본의 역사 교과서 왜곡
에 대한 항의 시화전 '역사의 소리'를 부산학생교육문화회
관에서 열었다. 일본을 여전히 '왜국이라 지칭할 정도로 그
의 일본에 대한 적개심은 상상을 초월한다.
　이 같은 시인의 문학적 실천에 대해 혹자는 국가가 해결

할 문제를 개인이 그 정도까지 나설 필요가 있겠냐고 의아
해할지도 모른다. 하지만 같은 2차대전 전범 국가이면서
도 전후에 철저한 자기반성을 통해 과거를 청산하고 세계
평화에 힘쓰는 독일과 대비시켜 볼 때, 일본의 주변국에
대한 태도는 확실히 문제가 많다. 일본 우파의 이런 그릇
된 태도를 응징하지 않고 대충 넘어간다는 것은 시인에게
있을 수 없는 일이다. 그것은 민족적 자긍심을 팽개치는
행위이고 인류 보편적 양심을 저버리는 죄악이기 때문이
다. 시인의 가치관에 비추어볼 때 잘못을 저질러 놓고도
내 탓이라고 참회할 줄 모르는 사람은 인간이 아니다.

시인은 「어떤 세상 그리기」에서 일본인들이 아비규환의
지옥에 떨어져 울부짖는 모습을 적나라하게 표현하고 있
다. 그것은 "불구덩이의 땅"이자 "형벌의 땅"에서 "지독했
던 침략자들"이 "이제야 죽을죄를 지었다며 잘못했다고/
다시는 몹쓸 짓 하지 않겠다고 통곡하며/한 번만 용서해
주면 다시는 못된 짓 하지 않겠다고/피눈물을 쏟으며 빌고
또 손발이 닳도록 빌고 또 빌고 있는" 형상이다. 현실에서
기대하기 어려운 일본인들의 참회 모습을 하느님의 응징
을 통해서라도 실현하고 싶은 강력한 의지가 드러난다.

이처럼 반일 감정이 강한 그가 우리 민족의 영웅이라 할
수 있는 이순신, 안중근, 그리고 "의로운 선구자들"을 작
품화하는 것은 당연하다. 시인은 「전언3 - 왜국에게」에서
"참 평화를 사랑하라", "모두 함께 행복하라"는 안중근의

가르침을 일본인들에게 전하고 있다. 또 해마다 8월만 되면 나라 잃었던 서러움에 "분하고 원통함"을 느끼며(「다시 또 8월이 오고」) "대한독립 만세"라는 함성을 떠올린다(「8월의 추억」). 아울러, 친일매국 행위를 한 자들과 뉴라이트에 대해 비판의 수위를 한껏 높인다.

> 이놈들, 네 이놈들 친일매국 죽일 놈들/오늘 다시 일어서신 선열들의 원한 혼백/듣는가 형제들이여 한 맺힌 저 소리를//니들이 어찌 알까 그때 당한 모진 고난/민족이 겪은 고통 잊을 수 없는 자국/조국을 되찾기 위해 우리들이 싸운 흔적//그때도 그랬다네 부끄러운 매국노들/한 치 앞도 보지 못한 비겁한 위정자들/민족의 반역자들이 이 나라를 팔았느니// 다시 또 뉴라이트, 대가리를 치켜들고/더러운 주둥이를 독사처럼 나불대는/친일파 이 죽일 놈들 천벌을 받을지니 (2024. 8. 15.)
>
> ― 「다시 또 우리 님들의 목소리」 전문

역사의식이 투철했던 시인은 우리의 분단 현실에 대해서도 누구보다 가슴 아파했다. 한반도는 외세에 의해 나누어지고 전쟁을 치른 이래 여전히 남북 간의 적대 관계를 극복하지 못하고 있다. 이런 상황에서 군사분계선의 장벽은 날로 견고해지고 이산가족의 통한은 피눈물로 흐른다. 시인은 이와 같은 현실을 외면하지 않고 나름대로 해법을 제시하고자 했다.

그는 젊은 날 경기도 파주군 탄현면의 민통선 북방 임진강 제방 공사장에서 일한 적이 있다. 그 당시 고향이 오금리인 동료가 어린 시절 임진강에서 고기잡이하다가 불발탄이 터져 동무 한 명이 죽고 다른 한 명은 불구가 된 추억담을 들려준다. 그 내용을 그대로 옮긴 작품이 「임진강 추억」이다. 이 작품은 전쟁의 후유증이 얼마나 깊고 오래 가는지 보여주는 예라 하겠다. 또 「어느 실향민의 노래」에서는 시적 화자가 하모니카를 불며 북에 두고 온 고향과 부모 형제를 그리워하는 애절한 내용을 다루고 있다. 이런 비극을 극복하기 위해선 통일에 대한 꿈을 포기하지 않고 (「세월의 소리3」), 사랑의 힘으로 공동체 의식을 회복하는 것이 중요하다고(「최후의 방법」) 시인은 말한다. 그러면서 다음과 같은 평화통일 방안을 제시한다.

남촌과 북촌 사이, 이 골 깊은 개울에다/다시 우리 새로운 다리를 놓고/봄이 오면 아지랑이 너울너울 꽃소식을 전하고/무시로 오가던 사연과 사연/숙이와 돌쇠가 밤마다 저 하늘의 별을 헤며/달콤한 사랑 얘기 주고받던/우리 이 눈물겨운 남촌과 북촌 사이/여기 이 한恨서린 개울에다/새로 또 단단한 다리를 놓고/기쁠 때나 슬플 때나 언제나 자유로이 오고 가며/함께 웃음꽃을 피워 내고자 하는/우리들의 이 간절한 소망 하나/이 꿈

하나만은 꼭 우리들의 손끝으로/이루어 내야 할 때가
되었다는 것인데/그래야만 아 우리들의 이 한 많은 인
생/우리 저 하늘 우러러 부끄럽지 않음이니……

– 「구름다리–평화통일을 기원하며」 전문

시인은 이 밖에도 현실 비판적인 작품을 다수 남겼다. 그
것은 크게 우리 정치판에 대한 충고, 환경 파괴에 대한 경
고, 우크라이나와 팔레스타인이 겪는 전쟁의 고통에 대한
안타까움 등으로 나눌 수 있다. 복잡한 시적 장치를 깔지
않고 시인이 생각하는 바를 그대로 솔직하게 진술한 이러
한 시들은 누가 읽어도 쉽게 해석할 수 있는 작품들이다.
다만 그것이 시인의 신념에서 우러난 창작물이기 때문에
남다른 울림이 있다는 점을 간과해서는 안 된다.

나는 여기서 그의 시에 드러나는 유별난 특징 하나를 언
급하지 않을 수 없다. 그것은 바로 "~는 것이다"라는 간접
화법 혹은 강조 표현이다. 이 표현법은 진술 내용을 객관
화하면서 강조하는 이중의 효과가 있는 것 같다. 가령 다
음 내용을 보자.

평평 함박눈이 쏟아지어 우리들의 세상을 (중략)
깨끗하게 변화시켜내는 저 하늘이야말로
참으로 위대한 시인이라는 사실을 깨닫게 되었다는
것이고

그로부터 나는 우리 저 놀라운 하늘의 위력을 받들
면서
　　그와 더불어 당당히 살아가고 있다는 것이다

— 「함박눈이 쏟아지던 날의 시 2」에서

　밑줄 친 부분을 그냥 "깨닫게 되었다", "살아가고 있다"로 바꾸면 그것은 시적 화자의 주관에 그친다. 그런데 거기에 "~는 것이다"를 덧붙임으로써 그 내용을 어느 정도 객관화하면서 훨씬 강하게 어필한다. 시인은 이 표현법에 매력을 느꼈던지 작품에서 한결같이 "~는 것이다"를 통해 독특한 어조와 리듬을 창출한다. 다른 시인에게서는 좀체 발견할 수 없는 개성이다. 언젠가 이 점을 언급했을 때 시인은 그게 무슨 문제가 되느냐는 식으로 응대하면서, 사람에겐 누구나 고유한 언어 습관이 있게 마련이라고 했다. 그래서 나도 그 이후부터는 시인의 시를 읽을 때 미리 "~는 것이다"부터 염두에 두었다는 것이다. 그렇게 그의 시를 읽으면 맨발로 바닷가 백사장을 걷는 듯 묘한 쾌감을 맛볼 수 있다.

　해운대, 그 늘 북적이는 선남선녀의 숲을 지나/속삭이듯 파도 철썩이는 모래밭을 맨발로 걷는다는 것이다/그때 우리 그 뜨거웠던 청춘의 시절을 잊지 못하는/내 이 사라지지 않은 열정으로부터 시작된 것이/가을 한

철이 지나 겨울, 또 한 해를 보내고/다시 또 봄여름이
가도록/열심히, 아주 열심히 걷고 또 걷고 있다는 것인
데/우리 그 해맑은 추억들을 노래하며 걷다 보니/잡힐
듯 말 듯한 시어詩語들이 춤을 추고/다시는 만날 수 없
는 그리운 그대/그 가물거리는 우리 님들의 얼굴을 하
나둘 되새기며/그리움의 노래들을 다시 한번 목청껏
불러도 보고/아, 이제야 "사랑한다"는 말을 속삭여도
보면서/그때의 일들을 다시 또 되뇌어도 보는 것인데/
사랑의 꿈을 꾸며 저 넓은 하늘을 바라보며/이 바닷가
새하얀 모래밭을 맨발로 걷다 또 지칠 때면/금모래 이
눈부신 백사장에 털썩 주저앉아 꿈이 되어 버린/하늘
저 환희의 세상을 창공에다 마음껏 그려보는 것인데/
그 재미와 감동이 예사롭지 않다는 것이다

— 「맨발 걷기」 전문

몇 년 전부터 나는 부활절 무렵이면 해운대 바닷가에서
나의 대부 김석주 시인을 모시고 술자리를 가졌다. 그 자
리엔 대개 K 평론가도 합석했는데 시인은 셋이 백사장을
걸은 뒤 술 한잔하는 것을 무엇보다 좋아했다. 나이 차이
를 떠나, 오랜 문학지기로서 세 사람의 관계는 남다른 데
가 있었던 셈이다. 그래서 올해도 그 무렵에 시인의 건강
이 회복되면 출간된 그의 시집을 놓고 우리만의 소박한 모
임을 할 예정이었다. 그런데 그것은 이미 이루어질 수 없

는 꿈이 되고 말았다. 김석주 시인은 지난 1월 24일 선종하여 서면성당에서 장례 예식을 진행했다.

그 뒤로 나는 시인을 생각할 때마다 그가 맨발로 해운대 백사장을 걸어 하늘로 올라가는 엉뚱한 영상을 떠올린다. 시인은 충분히 그러고도 남을 만한 사람이기 때문이다.

살아생전 남달리 신앙심 깊은 시인으로서 당당했던 대부님이 "금의환향"한 하늘나라에서 유다른 별 하나로 반짝이길 기도한다.

김석주 시인

- 1946년 경북 경산에서 출생
- 대구상업고등학교와 건국대학교에서 수학
- 1967년 수유리성당에서 영세(세례명 베드로)
- 1986년 《시의 길》 1집으로 작품활동 시작
- 1987년 시집 『조선고추』 출간
- 1988년 시집 『우리들의 아침』 출간
- 1990년 시집 『땅을 치고 가슴을 치며』 출간
- 1995년 시집 『곡예사의 피리』 출간
- 1997년 4월 13일~19일 : 일본 규슈 일원에서 '일본인들의 회개를 촉구하는 거리 시화전' 개최
- 2000년 시집 『아버지와 꿈』 출간, 문예시대 작가상 수상
- 2001년 5월 5일~6월 30일 : 부산학생교육문화회관에서 일본 역사 교과서 왜곡에 대한 항의 시화전 '역사의 소리' 개최
- 2007년 시집 『풀꽃들의 노래』 출간
- 2012년 부산가톨릭문학상 수상
- 2015년 시집 『함성』과 시선집 『행복한 사람들』 출간
- 2017년 《부산시조》 신인상 수상.
- 2018년 시집 『뿌리 찾기』와 시조집 『망부석』 출간
- 2022년 시집 『세상 그리기』 출간
- 2023년 시조집 『세월의 소리』(문학나눔도서 선정) 출간
- 2025년 1월 24일 선종
- 고향의 선산에 시비가 세워져 있다.